陪伴孩子一生的 奇妙故事

学习 XUEXI
的藏宝图

张永忠 编著

北京时代华文书局

图书在版编目（CIP）数据

学习的藏宝图 / 张永忠编著 . -- 北京 : 北京时代
华文书局，2018.2（2020.1重印）
ISBN 978-7-5699-2101-4

Ⅰ．①学… Ⅱ．①张… Ⅲ．①学习方法－青少年读物
Ⅳ．① G791-49

中国版本图书馆 CIP 数据核字（2018）第 001780 号

学 习 的 藏 宝 图

XUEXI DE CANGBAOTU

著　者｜张永忠

出 版 人｜王训海
选题策划｜梁明德　余庆
责任编辑｜周连杰
装帧设计｜格林文化
责任印制｜刘 银 訾 敬

出版发行｜北京时代华文书局　http://www.bjsdsj.com.cn
　　　　　北京市东城区安定门外大街 136 号皇城国际大厦 A 座 8 楼
　　　　　邮编：100011　电话：010-64267955　64267677
印　　刷｜山东泰安新华印务有限责任公司　0538-6119320
　　　　　（如发现印装质量问题，请与印刷厂联系调换）
开　　本｜160mm×230mm　1/16　印　张｜11　字　数｜148 千字
版　　次｜2018 年 4 月第 1 版　印　次｜2020 年 1 月第 2 次印刷
书　　号｜ISBN 978-7-5699-2101-4
定　　价｜35.00 元

前　言

"隔着玻璃，冬天的阳光温暖而明亮，打在路边的树干上，白白的一片，树梢上的几片叶子，在风中抖动，似乎能听到'沙沙沙'的声响……"

"隔着一层半透明的雾，天上有一团不怎么耀眼的光球，时而大时而小，好像在'嗡嗡嗡'地呼吸，吹出的气，把地上青色的树干都刷成了白色……"

两段话，描写的是同一种景象，第二段添加了一点想象，却产生一种别样的味道，这就是想象力的奇妙之处！

儿时，想象力如同我们呼吸的空气，藏在我们的眼睛里，躲在我们的梦中，它无处不在，无时无刻不在我们身边。每天睁开眼睛，看到的一切，都会伸出双腿，活泼地跳进我们的脑海里，变成一个个生动的故事。在故事里，我们是屠龙的勇士，是高贵的王子，是举着武器、英勇向前的骑士；在故事里，我们穿过危险的森林，冲上坚固的城堡，摘下胜利的旗帜；在故事里，我们获得朋友的帮助，赢得公主的友谊，受到国王的赏识……这些故事告诉我们：一切皆有可能，在这些故事里，黑和白，如此分明。

步入青春，想象力突然变个模样，似乎和我们的生活更加贴近。手腕上的电表，是外太空卫星的接收器，通过它，可以和不同种族、不同语言的外星人交流；脚上的鞋，是新发明的飞行器，轻轻一跺，就能跳十几米高，飞檐走壁，不在话下；鼻梁上的眼镜，是具有透视、放大、定位、穿越等功能于一体的微型机器，可以利用它打击罪犯，回到古代……

长大后，想象力似乎已经消失，我们走进了社会，和现实紧紧相贴，可时不时，有一丝火花在脑海中闪现，我们想象，走在路上的每个人都面带微笑，想象和平安静的生活会永远相伴，想象每个人都会得偿所愿，过得幸福、美好，这时候，想象似乎变成了一种愿望，一种能够实现，并且想要实现的愿望。

总而言之，想象力是我们——尤其是青少年必不可少的精神元素。

为了让青少年的想象力茁壮成长，本系列丛书收录了诸多精彩的小故事。每一个故事，都涉及青少年生活中的一个小方面，宛如一份肥料，让青少年的想象力发芽、抽枝、茂盛。亲情、友情、师生情，青少年的成长过程中需要很多很多的爱来灌溉，充满爱的想象是温暖的，这就是《最棒的礼物》；针扎气球不会破，蹲在墙角能隐身，这些存在想象中的事情，只要动手居然会实现，《不可思议的实验》告诉你怎么做；飞机、火箭、卫星，古人觉得不可能实现的东西现在都一一实现了，有实现可能的想象真令人激动，这就是《未知传送门》；英国的巨石阵，南美史前巨画，地球存在的未解之谜，宛如世界想象力的凝结，充满神秘的想象真是令人意往神驰，《地球的43个谜语》为你展现世界的另一面；雪人谷，地下迷宫，海底世界，小勇士的历险经历惊心动魄，《手掌上的天和地》为你讲述……

亲爱的青少年朋友，请你接受这一份心灵礼物，为你的理想，插上想象的翅膀！

编者

2018 年 1 月 28 日

目 录

目 录

目 录

第 一 章

兴趣是成材的最好老师

　　心理学家认为，兴趣是一个人能量的激素。它有一种神奇的力量，能使一个人做某件事时不觉得苦，甚至忘记劳累。对一件事物产生浓厚兴趣的人，其智能会得到充分的发挥，为学习知识或掌握一门技艺增添巨大的精神动力。一个人的学习兴趣并不是与生俱来的，也不是一蹴而就的，学习兴趣需要我们后天悉心的培养和呵护。

对昆虫的痴迷成就了他

1823 年，一个小男孩出生在法国南部山区的小村庄里。他从小就喜欢观察动物，尤其是对昆虫充满了好奇，总是满怀激情地注视着大自然中这些可爱的小虫子。

他 5 岁的时候，有一天晚上和家人在院子里乘凉，忽然听见房屋背后的荒草滩里响起一阵虫鸣声，声音清脆好听。他决定去看一看。大人们吓唬他说那里有狼，专门吃小孩子。小男孩却毫不胆怯，勇敢地跑到屋后去看个究竟。结果他发现，发出鸣叫的是蚂蚱。从此，他对昆虫产生了浓厚的兴趣，好奇心唤起了他探索自然世界真相的欲望。

有一次，他在池塘的草丛里发现一只全身碧蓝、比樱桃核还小的甲虫。他小心翼翼地拾起来，把它放在一个空蜗牛壳里，打算回家再好好欣赏这个珍珠一般的宝贝。这一天，他还捡了好多贝壳和彩色的石子，把两个衣袋塞得鼓鼓囊囊的。

夕阳西下的时候，他赶着鸭子，欢欢喜喜地回家了。一路上，他心里甜滋滋的。回到家里，父亲见他衣服很脏，还捡了一些奇怪的东西，便怒气冲冲地吼道："我叫你去放鸭子，你倒好，捡这些没用的玩意儿，快给我扔了！"

"你呀，整天不干正经事，将来不会有出息的，你觉得我还不够辛苦吗？"母亲在一旁也厉声地责备说，"捡石子干吗？撑破你的衣袋！老是捉小虫儿，不叫你小手中毒才怪呢！"

听了父母突如其来的责骂，小男孩难过极了，恋恋不舍地把这些心爱的"宝贝"扔到了垃圾堆。

在准备扔那个装着小甲虫的蜗牛壳时，他看了又看，好像在说："小甲虫啊，小甲虫，你先在这里委屈一夜，明天早晨我一定把你带走。"

父母的责骂并没有改变他对昆虫的迷恋之情，强烈的兴趣已经深深植根在他的心田。以后每一次放鸭子，他仍然乐趣无穷地干那些"没有出息的事"，背着大人把衣袋装得满满的，躲起来偷偷地玩。

就这样，这个小男孩被这种强烈的好奇心带进了科学的殿堂，长大后成了一位举世闻名的昆虫学家，写下了一部流传世界的经典著作《昆虫记》。你肯定知道这个小男孩是谁了吧？对了，他就是法布尔。

为了纪念法布尔，后人专门为他建造了雕像。有趣的是，他雕像的两个衣袋全都高高鼓起，好像塞满了沉甸甸的东西。

知识加油站

《昆虫记》是法国杰出昆虫学家、文学家法布尔的传世之作，它不仅是一部经典的科普读物，也是一部出色的文学作品，被誉为"昆虫的史诗"，揭开了昆虫生命与生活习惯中的许多秘密。我国大文豪鲁迅称赞本书为"写昆虫生活的楷模"。

智慧亮点

这个故事再次证明，兴趣是最好的老师。在兴趣的引领下，小法布尔像着魔似的对昆虫世界不断探索，坚持不懈，努力钻研，最终取得了非凡的成就。

在追求梦想的路上，一个人只有怀着强烈的兴趣和好奇心，并且持之以恒地坚持下去，才能美梦成真。同样，在学习中也是如此，只要对知识充满兴趣，拥有强烈的求知欲，我们就能掌握好知识和本领，取得优异的成绩。

从倒数第一到名列前茅

　　五十多年前，在英国牛津市的一所学校里，有一个学习成绩很差的学生，他在班里的成绩排名经常是倒数第一，什么拉丁文、数学、法语……他总是只得3分。谁也没有想到，五十多年后，他会站在瑞典斯德哥尔摩的大厅里，领取2001年的诺贝尔生理学奖和医学奖。他曾笑着说："小时候成绩差，不必自卑，它不能决定一个人的一生。"

　　这个人就是英国生物学家蒂姆·汉特。他因1982年发现了在细胞分裂过程中对细胞分裂周期起控制作用的一种蛋白，荣获2001年诺贝尔生理学奖和医学奖，据说他的研究对人类最终攻克癌症难关将起到很大的作用。

　　一个小时候成绩很差的学生，为什么最终能成为一位成绩卓越的科学家呢？许多人都想知道其中的奥秘，那么，就用汉特博士自己的话来说："我清楚自己喜欢什么，适合什么。"

　　汉特是在牛津大学的校园里长大的。牛津大学的科普环境非常好，各系经常举办科普讲座，谁都可以去听，汉特经常是第一个到场。在纪念达尔文进化论发表100周年时，生物系举办了各种讲座，讲物种起源，讲人体的新陈代谢。这些讲座深深地吸引了汉特，他觉得生物体真是太奇妙了。对生物学的浓厚兴趣，使得汉特在学习上出现了明显的偏科，他的生物课成绩是班上最好的，而拉丁语较差，数学简直是一团糟。

　　尽管偏科不好，但汉特还是"因祸得福"，因为他并不是由于讨厌哪门课而不好好儿学，或者是放弃哪门课，他只是自然而然地学，各门功课都没有特别下功夫。这样一来，他反而清楚了自己究竟喜欢什么，适合什么。比如，他在中学时就知道自己不是搞数学和物理的材料。他曾开玩笑说："我11岁就成为拉丁文极差的生物学家。"

考上剑桥大学生物化学系之后，汉特就一头扎进了自己所喜欢的专业中，学了个痛快。此时，剑桥大学的不少学生还在犹豫和选择，还不知道自己适合干什么，能够干什么。而汉特却从未怀疑过自己的志向。

汉特很明白，如果一个人不清楚自己适合做什么，别人往往不会给他指出来。即便一个学生的某一门功课很差，人们出于好心，也总会鼓励他"加把劲儿，你能行"。实际上，人确实是各有所长，有自己最喜欢和最适合做的事，只有明白了这一点，每个人才能最大限度地挖掘自己的潜力，才能干出一番成就。

可是很多年轻人确实不清楚自己的所长所短，不知道自己究竟适合干什么。怎么办呢？汉特说："那你就去做各种各样的事情，不要光闷在教室里读书，要通过广泛的活动来确定自己的爱好和特长。"

知识加油站

蒂姆·汉特（1943—）是英国生物学家。2岁时全家搬到牛津，在学术气氛浓厚的牛津大学长大。1965年毕业于剑桥大学生物化学系，之后攻读博士学位，研究血红蛋白的合成。荣获2001年诺贝尔生理学或医学奖。

智慧亮点

我们从小就要有意识地发现自己的兴趣，培养自己的特长，想清楚我们适合干什么，不适合干什么，这样有的放矢地努力，学习目标明确，成功就会离我们越来越近。

现在学校的课程不少，很多人都是跟着课本盲目接受知识，而不知道自己的兴趣在哪里。其实学习一旦有了方向和计划，就可以按照步骤一步步地前进了。就像夜晚航行在大海中的帆船，朝着灯塔指引的方向一直前进，最后总会靠岸的。

爱读书的鲁迅

鲁迅小的时候，爱看书，爱买书，爱抄书，把书当作宝贝一样。

在他还没进"三味书屋"之前，他在自己的启蒙老师——一位远房叔祖父那里看了几本不带图的书。这位老师曾经告诉过他，有一部绘图的《山海经》，上面画着人面的兽，九头的怪物，可惜一时找不到了。这么一部有趣的书，把鲁迅深深吸引住了。他念念不忘，梦寐以求，把他的保姆长妈妈也感动了。长妈妈虽然不识字，但她探亲回来时，还是设法给鲁迅买回了这部书。一见到鲁迅的面，长妈妈把一包书递给鲁迅，高兴地说："有画的《山海经》，我给你买来了！"

一听这消息，小鲁迅欣喜若狂，赶紧把书接过来，打开纸包看了起来。这是他最初得到的心爱的书。后来，识字渐渐多起来，他就自己攒钱买书。每逢过年，鲁迅得到压岁钱后，总是舍不得花，都攒（zǎn）起来买书看。

鲁迅小时候，不仅酷爱读书，而且还喜欢抄书，他抄过很多书。后来的经验证明，抄书使他受益匪浅。他的记忆力那么好，读过的书经久不忘，这与他抄书的爱好是分不开的。

鲁迅不仅爱看书，爱抄书，小时候他对书籍特别爱护。每当他买书回来，一定要先细致检查一番，发现有污迹，或者装订有问题，一定要到书店去调换。有些线装书容易脱线，他就自己动手改换封面，重新装订。

看书的时候，他总是把桌子擦得干干净净，看看手指脏不脏。脏桌子上是不放书的，脏手是不翻书的。这是他对自己看书的要求。他最恨用中指或食指在书页上一刮，使书角翘起来，再捏住它翻页的习惯。他还特意为自己准备了一只箱子，把各种各样的书整整齐齐地摆放在里面，箱子里还放了樟脑丸，防止虫蛀。

这种小时候养成的爱书如宝的好习惯，贯穿了鲁迅的一生。鲁迅读过的书浩如烟海。他购置的书，仅据《鲁迅日记》上的"书账统计"，从1912年至1939年，就有九千多册。他收藏的书，总是捆扎得井井有条。鲁迅一生清贫，他最大的财产，就是这些宝贵的藏书了。

知识加油站

鲁迅读书法：（1）多翻法。鲁迅先生说，书在手中，不管它是什么；总要拿来翻一下，或看一遍序言，或者读几页内容。（2）跳读法。鲁迅先生说："若是碰到疑问而只看那个地方，那么无论到多久都不会懂。所以跳过去，再向前进，于是连以前的地方都明白了。"（3）选读法。如果看文艺作品，先看几种名家的选本，从中觉得哪个作品最爱看，然后再看这一作者的专集。（4）背书法。鲁迅制作了一张小巧精美的书签，上面写有"读书三到，心到、眼到、口到"10个工整小楷字。他把书签夹到书里面，每读一遍就掩盖住书签上的一个字。等把书签上的10个小楷字盖完，也就把全书背下来了。

智慧亮点

在那个缺书的年代，人们把书当宝贝一样对待。鲁迅先生知识渊博，博古论今，他爱书护书的细节更显出他对读书的热爱。在今天这个物质极度丰富的年代，我们得到一本书越来越容易，一些人却不爱读书，即使买了书经常放在书柜中了事，更不能写上自己的姓名就算拥有了。书是要读的，不管它是什么书，开卷有益。

为了看书不吃面包

房间里空空的，一本新书也没有。他才知道刚刚是自己做了一个美梦。他想，总有一天，我会有梦里那么多书的。

上学路上，他又经过那个面包坊。一阵阵的奶油面包香味直扑鼻孔，他使劲地咽着口水。

面包坊的师傅看见他走过来，亲切地招呼他："小伯尔，今天想吃什么面包啊？我这里有奶油面包、火腿面包，还有新来的葡萄夹心面包。"

小伯尔真想吃一个香喷喷的面包，但他喜爱的新书在向他招手呢。他慌忙撒个谎："谢谢您，我已经吃过了。"说完，他拔腿跑了起来。他想赶快离开这儿，逃离那阵阵香味带来的巨大诱惑。

老师在课堂上讲着数学题，可小伯尔的肚子却在唱"空城计"了。早上没吃面包，现在肚子里空空的。小伯尔在心里说："肚子，你别叫了，我要买一本新书呢。等我把新书买回来，一定把你喂得饱饱的。"

就这样坚持了三天，他终于攒够了买一本新书的钱。他把铁罐里的钱倒出来，仔细数了一遍又一遍。"足够买一本新书了。"他自言自语道。他把钱又放回铁罐中，抱着小铁罐朝书店走去。

来到书店里，他大声地对店员说："阿姨，我要买一本新书。"

店员奇怪地看着他："孩子，你的钱够买一本书吗？"

"够了，阿姨您看。"说着，他把小铁罐高高地举了起来，然后摇了摇，铁罐里的硬币发出清脆的响声。

"你哪儿来那么多钱呢？"店员不相信地问他。

"我省下来的面包钱啊。"

店员叹了口气，说："可怜的孩子。"说着，她便去书架上取出了小伯尔要买的书。

买了新书，小伯尔心里别提有多高兴了。他把新书紧紧地抱在胸前，生怕它逃走了似的，一路蹦蹦跳跳地回到了家。

回到家里，他找了一张牛皮纸，小心翼翼地把书的封皮包了起来。他把新书放在鼻子底下，久久地闻着书页中散发出的油墨芳香。"这本书是我的了，我有一本新书了。"他有点不敢相信似的喃喃自语着。晚上他把新书放在枕头底下，美美地睡着了。

长大以后，爱书的小海因里希·伯尔终于成了一个写书的人，后来还获得了诺贝尔文学奖。

知识加油站

海因里希·伯尔（1917—1985）是德国作家。生于科隆一个雕刻匠家庭。1939年入科隆大学学习日耳曼语文学，同年应征入伍，直至第二次世界大战结束。曾负过伤，当过俘虏，对法西斯的侵略战争深恶痛绝。其成名作《火车正点》已成为德国"战后文学"的代表作。1971年发表的《以一个妇女为中心的群像》是伯尔全部创作的结晶。1972年获诺贝尔文学奖。

智慧亮点

梦里有书香，为了买到一本梦寐以求的新书，小伯尔忍受了三天的饥饿，这个故事令人感动。书籍是知识的桥梁，通过书籍，我们与世界之间建立了联系。广泛的阅读不仅可以扩大我们的视野，让我们增长见识，而且与好书为伴，可以帮助我们建立良好的道德修养和文化素养。中外历史上但凡有一点成就的人，从政治家、科学家到文学家，都是热爱读书的人。读书可以让我们明白很多事理，所以从小就要培养自己良好的阅读习惯，能我们受益一生。

一页废纸的魅力

美国有一位闻名世界的幽默大师、大文豪，叫马克·吐温。他少年时的趣事很多。

马克·吐温幼时讨厌上学，学校刻板的生活，让他感觉被剥夺了自由。学校虽把他圈在一座木头房子里，而他的心思却早已飞驰到充满新鲜的空气及鸟语花香的森林里和密西西比河的河岸上去了。他乘老师不备之时偷偷溜出去，望着蓝蓝的天空中自由飞翔的小鸟与尽情游弋的白云，耳畔盘旋着百鸟清脆的啼叫，嗅着浓浓的花香，他的梦想也随之飞翔起来。

12 岁时，马克·吐温的父亲不幸去世了，他再也不可能无忧无虑地坐在那个尽管他并不喜欢的木头房子里或者逃学后徜徉在大自然的怀抱里了。父亲的去世使他醒悟到，他的父亲永远不会返家了。瞬间，他变得懂事了、成熟了。他对以往的胡闹、逃学、不孝顺、

不听父母的话充满了悔恨。这个敏感的孩子，竟然前后判若两人。母亲看出了他的悲伤，安慰他说："孩子，过去的已经过去了，就是再悔恨对你父亲也毫无补益，现在你只要听话、懂事，一切都可以重新开始。""妈妈，"马克·吐温啜泣着答道，"只要你吩咐，我什么事都可以做。"

不久，马克·吐温当了印刷厂的工人，他的学徒收入只能供给自己吃住。一天下午，他在密苏里州的汉尼堡城街上行走，突然，迎面吹来了一张纸。他弯腰拾起了这张纸，这是从一本《贞德传》上撕下来的，上面叙述贞德被困在卢恩堡的经过。贞德是谁？当时他并不知道，也从未听说过。但从那时起，马克·吐温就开始寻找阅读一些记述贞德的文字，他对贞德一生的故事发生了极大的兴趣。46 年后，他写了一本关于她的书叫作《贞德回忆录》。

那偶然拾起的一页《贞德传》，唤起了马克·吐温对于历史的兴趣，使他燃起了对文学的热情。也正是在这个偶然的转变中，马克·吐温从一个小小的印刷工匠变成了大文学家。

马克·吐温在 50 年的创作岁月里，共写了 23 部作品，他的著作极富戏剧性，大部分被改编为舞台剧或被拍成电影，如《汤姆萨耶》《顽童历险记》《密西西比河上的生活》以及《王子和乞丐》等。

智慧亮点

在人生的巨大灾难面前，有的人选择放纵自己，有的人却变得更加懂事。只要不放弃对生活的热情，勇敢地去追求自己热爱的东西，上天一定会有奖赏。

不积跬步无以至千里，不聚小河无以成江海。今天的付出就会促成明天的成就。今日毫不起眼的进步是未来一切伟大的来源。当我们惊羡别人成功时，一定不要忘记成功之花最初的芽儿浸透了多少耕耘的汗水。

知识加油站

马克·吐温（1835—1910）美国幽默大师、小说家、作家，也是著名的演说家，19 世纪后期美国现实主义文学的杰出代表。擅长写讽刺小说。代表作有《百万英镑》《汤姆索亚历险记》《哈克贝利费恩历险记》等。

米老鼠之父迪士尼

全世界几乎没有人不知道米老鼠和唐老鸭的。这两个活泼可爱的形象是由美国人沃尔特·迪士尼创造的。这个穷人家的孩子不仅创造了一系列卡通艺术形象，而且还创造了著名的迪士尼乐园，而这一切非凡的创造源于迪士尼天才的头脑、勤奋的劳动和不懈的努力，更得力于他对整个美好世界无限的兴趣。

1901 年，迪士尼出生了，虽然家里很穷，但童年的迪士尼过得很快乐。他在广阔的农场上一天天长大。他对树林中的各种树木都充满了兴趣，对于各种动物更是感觉奇怪，每天他都会跑到树林里欣赏兔子、松鼠、浣熊们自由嬉耍的样子，也喜欢乌鸦、鹰、啄木鸟、麻雀、燕子等鸟类的鸣叫与飞翔。平时他除了帮爸爸干活外，一有时间他就画自己喜欢的小动物们。童年的这些观察为他后来的卡通创作提供了丰富的素材。

有一次，小迪士尼的妹妹得了麻疹，发着高烧。看到妹妹难受的样子小迪士尼很难过。怎么样才能使妹妹减轻痛苦呢？小迪士尼一有空就陪在妹妹身边，给他讲笑话，还给妹妹画漫画，而且他还花了一番功夫，动了很多脑筋，为妹妹做了一套能够翻动的组画。这无疑是他制作卡通画的思想萌芽。他的卡通表演逗得妹妹咯咯直笑。

在迪士尼幼小的心中深深明白这样一个道理：我喜欢画画，只要好好画画就行，这样我会很快乐，也会最终获得成功的。后来无论多么穷困潦倒，他都没有放弃自己的兴趣和理想。

举世闻名的米老鼠诞生于1928年11月18日，那天也是第一部有声动画片《蒸汽船威利》首次公映之日，而米老鼠则是这部动画片的主角。到1934年，米老鼠已成为接到影迷来信最多的好莱坞明星。以米老鼠为主角的动画片共拍摄了11部，其中20世纪30年代制作87部。最后一部米老鼠动画片是1953年的《简单事情》。在米老鼠诞生以前，迪士尼曾经创作过一只叫奥斯瓦尔德的长耳朵卡通兔形象，很受观众欢迎，1928年，就是米老鼠诞生的这一年，华特和设计师们一起讨论，如何创作一个更可爱的卡通形象。他们把奥斯瓦尔德画在纸上，然后开始修改：把耳朵变圆，给短裤加上纽扣，给大脚穿上鞋子，双手戴上手套，再加上一条可爱的尾巴……不一会儿，一个可爱的老鼠形象就跃然纸上了！华特眼前一亮，就是这只小老鼠！他的夫人马上给它起了个响亮的名字"Mickey Mouse"。

知识加油站

华特·迪士尼（1901—1966）生于美国伊利诺伊州的芝加哥。美国动画片制作家、演出主持人和电影制片人。以创作卡通人物米老鼠和唐老鸭闻名。他制作了世界第一部有声动画片《蒸汽船威利》（也译作《威利汽船》《威廉号汽艇》，1928年）和第一部动画长片《白雪公主》（1938）。他与其哥哥罗伊·迪士尼创办迪士尼兄弟动画制作公司。

瑞士著名心理学家皮亚杰说："所有跟智力有关的工作都依赖于兴趣。"兴趣是智力活动的巨大动力，是人们进行求知学习的心理因素。兴趣比智力更能促进学习。强烈而稳定的兴趣是从事活动、发展才能的重要保证。在学习中，我们也要运用各种方法培养自己的兴趣。只有对一门学科保持强烈的兴趣，充满热情地去求知，我们才会更快地吸收知识，提升个人的智慧和才能。

抓住机会，培养兴趣

小朋友，你听说过富兰克林这个名字吗？他是美国伟大的科学家、政治家和作家。你知道吗？他在幼年的时候并不喜欢学习。当看书的时候，只要外面有伙伴叫他去玩儿或者街道上发生了什么事情，他就会把书一扔，第一个飞快地跑出去。

小时候他家里经济条件不是很好，但是父母还是为他买了很多有意思的书籍，并把这些书籍放在很显眼的地方。

有一天，小富兰克林跑了进来，对母亲说："妈妈，你能告诉我埃及金字塔是怎么一回事吗？我的一个伙伴在考我。"

他母亲就给他认真地讲解起来："这个埃及金字塔其实就是埃及法老的坟墓，但是它的样子很是奇特……"

母亲把关于金字塔的各种知识都仔仔细细地告诉了他。

小富兰克林听得很入神，心里想："哇，原来世界上还有这么有趣的东西啊！我以前怎么不知道呢？"

于是他对母亲说："妈妈，你真是太厉害了，怎么什么都知道啊？我希望自己以后变得像你这么聪明，拥有这么渊博的知识。"

"孩子，妈妈不是什么都知道，妈妈知道这些也都是从书上看来的。其实书上的知识很丰富，而且很多都是很有意思的，只要你去看，去发掘，就能变得和妈妈一样懂得这么多，甚至比妈妈懂得还要多。"

"是吗？妈妈。"小富兰克林更加不解了。

"当然了，妈妈没有去过埃及，本来根本就不知道这些东西，是书籍给了我知识。孩子，刚才你说你希望成为像我这样的人，那么你就要从现在开始多多地看书，汲取里面的精华，把它变为自己的东西，这样你就一定会比妈妈厉害。"母亲继续引导他。

"好的，妈妈，我知道了。以后我一定要好好地看书，把这些知识都学到我的脑子里去。"小富兰克林高兴地回答。

从此，小富兰克林对书籍产生了浓厚的兴趣，经常拿来翻阅，津津有味地读着里面的内容。他母亲看到这些，心里很是安慰，但是小富兰克林还是有点儿缺乏自制力，有时会被别的事情分散注意力。

所以他母亲经常在他看书的时候对他说："孩子，看书的时候要专心，集中注意力，不要去管别的事情，看完了才能和小伙伴们玩，你可以做到吗？"

"我可以的，妈妈。我喜欢看书。"小富兰克林大声地回应着。

然后母亲就会把他的玩具放到别的屋子里去，同时把房间的窗户关好，尽量不让别的事情来影响孩子的学习。

慢慢地，小富兰克林就能很好地控制自己了。他不会再因外界而受到影响，所以才有了后来的成就。

本杰明·富兰克林（1706—1790），美国启蒙运动的开创者，政治家、科学家，独立革命的领导人之一，美国的缔造者之一，参加起草《独立宣言》。其作品《富兰克林自传》是历届美国总统参政必备的枕边书。

智慧亮点

书籍给了我们知识，是我们认识世界的窗口，我们很多的学习过程就是与书籍建立亲密关系的过程。只要我们充分认识到知识的魅力，自然就会被书籍吸引，那样我们就会满怀信心地遨游于知识的海洋。一旦我们对学习充满了兴趣，建立了主动求知的欲望，那外界的干扰因素就不再会让我们分心了。

从棒球中学数学

格林斯潘被称为世界经济的著名"调音师"。他说自己对数学的精通和兴趣，全部来自于棒球，棒球使他成为一名成功的经济学家。

格林斯潘很小的时候便开始迷恋上棒球，可棒球的计分规则对于这么一个小不点儿来说，实在是有些复杂。为了看棒球比赛，格林斯潘努力地动脑筋，琢磨棒球里的数学问题。他后来回忆说，他对统计学的敏锐，全然得益于此。因为棒球，他不得不勤奋地学习分数，只有这样，他才能搞懂有关棒球赛的平均数问题。

格林斯潘出生在美国纽约，父亲是个股票经纪人，母亲在零售店工作。小时候因为父母离异，格林斯潘跟随母亲一起生活，遇到零售店忙时，母亲就让格林斯潘来帮忙。格林斯潘5岁时就成为零售店的"义务"收银员。他从小就对在别人眼里无聊的数字游戏如痴如醉。大约5岁左右，母亲就让他做三位数的加减法心算，小格森斯潘居然能一口报出正确的答案。每当零售店顾客多时，他自然就成了母亲的好帮手。经过不断锻炼，格林斯潘的数学能力再次得到提高，并最终显示出过人的数学才能。

因为自己的经历，格林斯潘总是对美国的教育界说，美国的数学教育应该以一种"有趣的方式"在小学展开，就像他小时候迷恋棒球和算账一样。不要觉得体育锻炼只是体能上的训练和提高，似乎完全与学习无关。事实上，在世界上的任何一个角落、任何一个瞬间，都可能发生与数学有关的事件，体育亦如此。

知识加油站

艾伦·格林斯潘，1926年生于美国纽约，美国犹太人，经济学博士。曾为美国第十三任联邦储备委员会主席。在任期间，他被认为是美国国家经济政策的权威和决定性人物，被媒体业界看作是"经济学家中的经济学家"和"大师"。

智慧亮点

生活中处处充满了学问，不管是格林斯潘所钟情的数学，还是其他科目，我们都会发现，那些书本上的知识与生活息息相关，我们要善于从生活中发现知识。

对学习我们常常存在一个误区，认为学习就是纯粹地从书本上获取知识。其实，学习和生活的关系密不可分，比如格林斯潘喜欢棒球，因而勤奋学习数学。由一件我们感兴趣的事情出发，自然而然地激发了自觉学习的热情，学习就不再是一件苦差事。

小机器迷詹天佑

　　詹天佑 8 岁那年进入私塾读书，他求知欲很强，可是在私塾里，老师所讲的都是四书五经和八股文，他对这一套感到厌烦。

　　詹天佑最感兴趣的是工程、机械等新知识，他用泥巴捏火车，做机器。身上老是装着小齿轮、发条、螺丝刀、镊子等，一有空就摆弄着玩。小伙伴们都称他是"机器迷"。

　　一天，小天佑对他家的闹钟突然发生了兴趣。他想，这个方方的东西为什么能滴嗒滴嗒走个不停？为什么它能按时响铃？为什么它能始终这么均匀地走？家里的大人都有事出去了，小天佑决定要打开这个宝贝匣子，看看其中的奥秘。他把闹钟拿到隐蔽的地方，把零件一个一个拆开。他自己的脑筋也动开了：这个零件是干什么用的？这个零件和那个零件为什么咬合在一起？那个零件是什么力量使它摆动起来的呢？一边拆着，一边思考着，一直到把整个闹钟拆到不能拆为止。一大堆散碎的零件怎么按原样装起来呢？凭着良好的记忆力，他居然一件一件装好了，这以后他也弄清了闹钟的构造与原理。

　　1871 年，清政府派我国第一位毕业于美国耶鲁大学的容闳负责筹办幼童留学预备班。11 岁的詹天佑听到后恳求父母让他参加考试。因为家贫，正在为詹天佑前途而忧愁的父母一听说是官费，便欣然答应了，但是他们又担心詹天佑年纪太小考不取，詹天佑满有信心地说："保证马到成功。"考试结果一公布，詹天佑成绩优异，名列前茅，被录取为第一批出国留学的预备生。

　　1872 年，第一批留洋学生共 30 人登上征程了，詹天佑第一次乘轮船、坐火车，对这些洋玩意非常着迷，中国人为什么不能制造火车、轮船？他心中顿时有一种羞辱感，下定决心一定要发奋求学，用科学来振兴祖国。

在美国，为了学好英语，詹天佑住到美国市民家里。第二年他考进了西海文小学，仅用3年就小学毕业了，2年中学毕业。他考取耶鲁大学土木工程系，专攻铁路工程专业。他发誓一定要让中国也有自己的火车、轮船。在这里，他少年的兴趣得到了充分发挥，加上他刻苦钻研，各门成绩一直名列前茅。

1881年，詹天佑回到祖国的怀抱。回国后他主持修建了我国自主建设的第一条铁路：京张铁路。在修建过程中，詹天佑因地制宜运用"人字形"线路，减少工程数量，并采用"竖井施工法"开挖隧道，缩短了工期，在中国铁路史上写下了光辉的一章。

知识加油站

　　詹天佑（1861—1919）是中国铁路工程的先驱、铁路工程专家。与他人创办中华工程师学会，并首任会长。曾参加修建或主持修建京奉铁路、京张铁路、张绥铁路、川汉铁路、粤汉铁路和汉粤川铁路，任工程师、总工程师、督办和交通部技监等职。其中京张铁路是我国自建的第一条铁路。

智慧亮点

　　从这个故事中我们发现，兴趣对一个人的学习和成长很重要。所以我们从小就要找到自己的兴趣所在，不断开发自身潜能，让兴趣成为成才最好的动力。

　　兴趣的养成既有天生的，而大部分是后天养成的。爱因斯坦都说，我没有什么特别的才能，不过喜欢寻根刨底地追究问题罢了。在寻根问底的探寻过程中，问题一步步得到解决，而自身的才能也不断提高，这正是兴趣培养的第一步。

第 二 章

珍惜自己的学习机会

相信很多人都看到过希望工程宣传片中那个大眼睛的小女孩。她那一双大眼睛饱含着贫困儿童对学习的期盼、对知识的渴求。由于种种原因，在我国部分地区仍有一些家境贫寒的孩子上不起学，或者被迫中途辍学，他们失去了接受教育的机会，不能像大多数孩子那样，每天背起书包走进课堂。我们除了尽自己的微薄之力，帮助失学的同龄人外，更加珍惜自己的学习机会。

给自己的人生打6分

在中国的年轻人当中，只要是有过留学梦想的，就没有人不知道新东方英语。知道新东方英语的人，就一定知道俞敏洪，他是新东方英语的创始人。

俞敏洪可以被定义为一个教人如何考试的人。同样，他自己也经历过很多考试。三次高考才考入大学。新东方创业之初，经历了百般磨难……这些都是他人生当中重要的考试。如今，在新东方成为一家上市公司之后，俞敏洪最大的理想是办一所中国最好的私立大学。

在接受央视《人物新周刊》采访时，俞敏洪给自己每个人生阶段的考试都只打6分。他说，6分是及格分，如果没有及格，就不可能有后来的发展，但自己的每个阶段又都不是那么平坦和顺利。

前两次参加高考时，俞敏洪的英语成绩分别只有33分和55分，在当时他的目的只是想到常熟师范学校去读个大专，就连这样的愿望他最后也没达成。就在他几乎准备放弃时，县政府办了一个补习班，请来一位曾经培养出北大学生的老师来给学生们补习英语，由于成绩不够，俞敏洪落选了。

后来，他的母亲知道了这件事，居然找到从教育局到江阴一中的所有相关人员，求他们给自己儿子一个机会。俞敏洪记得特别清楚："母亲从城里回来的时候，刚好下大雨，从城里走到村里全是小路。母亲回来的时候浑身是泥，因为她摔在沟里好几次。"看到这个场景，俞敏洪心里产生了一种感觉，自己第三年是不可能不上大学的。

进入补习班之后，俞敏洪一改往日的自卑，被选为班长，并且努力

而勤奋地学习。俞敏洪说："当你觉得拼命是一种快乐的时候，你的学习成绩不太可能上不去。"后来，俞敏洪的高考总分和英语分数都超过了北大录取分数线。

从北大毕业后，俞敏洪留校当了老师，而且一干就是7年。在北大任教的那段时间，他身边的朋友和同学大多留学到美国或加拿大。虽然俞敏洪心里也有些落差，但却未流于表面。俞敏洪也曾作过出国的努力，在三年半的时间内，有七八所大学给他寄来录取通知书，甚至有学校给他一个四分之三奖学金，但最终都因为经济的原因未果。

知识加油站

俞敏洪，1962年生，江苏省江阴市人，毕业于北京大学西语系，著名英语教学与管理专家，现任中国最大的综合性外语培训机构——新东方教育科技集团的董事长兼总裁。

智慧亮点

我们很多人的命运都会因高考而改变，俞敏洪也不例外。经历三次高考，不仅考取了中国最优秀的学府，而且经历本身也变成人生的一笔巨大财富。正是那些磨难，让他变得成熟和成长起来。生活中，不是每一个人都有读书深造的机会，在我国部分贫穷的地方，仍然有一些孩子渴望读书，却因为种种原因失学，所以，少年朋友们一定要珍惜学习机会。

在责难中成长的大师

巴尔扎克是法国 19 世纪伟大的批判现实主义作家，欧洲批判现实主义文学的奠基人和杰出代表。他 1799 年出生在法国西部的图东城。他的父亲是一位金融家，在政府做官。他的母亲比父亲小 32 岁，对子女的教育漠不关心。

巴尔扎克从小就没有感受到家庭的温暖，并且经常受到母亲的责骂和呵斥。在巴尔扎克 8 岁那年，他被送到一所教会办的学校读书。这所学校对学生非常严厉，经常进行体罚。

那个时候，巴尔扎克正是调皮的年龄，经常不守规矩，比如排队行走时，他有时走得慢，有时又走得很快；上课听讲也常常走神发愣，所以他挨打的次数特别多。老师看他长得比较胖，学习成绩又不大好，就骂他："这个孩子整天呆呆的，又懒又笨，简直不可造就。"

巴尔扎克在家里受到忽视，在学校里又受到责骂，他无处诉说，渐渐地养成了

沉默寡言的性格。幸好，他认识学校里的一个图书管理员，这个人对他特别好，经常把他叫去，问他有什么困难，还为他补习功课。他对巴尔扎克说："你要是喜欢看书，就来找我，我借给你。"

从那个时候开始，巴尔扎克就经常跑到图书馆借书来看。虽然他年纪很小，可是读书的兴趣很浓，哲学、历史、神学、科学……什么书都要读一读。对文学名著，他更是爱不释手。老师都没有看出来，这个看上去很笨的学生，竟然有着极强的记忆力和分析能力。巴尔扎克读书的速度很快，他并不是一个字一个字地死读，而是注意抓住书里的中心内容，着重理解。对于书里的人名、地名、对话、故事经过，他都记得非常牢固。

就这样，少年时代的巴尔扎克虽然没有感受到家庭的温暖，又常常被学校老师责罚，可内心世界却十分丰富。他掌握了许多知识，为日后从事写作打下了坚实的基础。

知识加油站

《人间喜剧》是巴尔扎克最具代表性的著作。共91部小说，写了两千四百多个人物，充分展示了19世纪上半叶法国的社会生活，是人类文学史上罕见的丰碑，被称为法国社会的"百科全书"。

智慧亮点

没有家庭的温暖，也没有长辈的鼓励，在父母和老师都放弃了巴尔扎克的时候，他却抓住了一道学习的曙光，贪婪地吸收知识，勤奋地学习，最终他在文坛上占据了一席之地，成为文学史上大师级的人物。相比之下，我们有父母的热切期望，有老师的耐心教导，有自由的学习环境，我们有足够的理由珍惜现在的学习时光，争做一名优秀的小学生。

自学成材的赫胥黎

赫胥黎是英国著名的博物学家，达尔文进化论最杰出的代表，被称为"达尔文的坚定追随者"。

他 8 岁开始上学读书，由于家境贫寒，只读了两年书就被迫停学了。由于赫胥黎非常热爱读书，退学以后，他每天坚持自学，为自己制定了严格的学习计划。在他制订的学习课程表上，只有一个项目：阅读。

即使是自学，在没有人监督的情况下，赫胥黎依然非常刻苦。每天天不亮他就起床读书。因为家里穷，没钱买书桌，赫胥黎就点亮了一支蜡烛，将毛毯披在肩上，坐在床上读书。他的兴趣相当广泛，对什么学科都感兴趣。开始时他想学土木工程，想搞桥梁建筑；后来又转到了医学方面，跟父亲的一个朋友专门学医。由于他的聪明好学，很快就掌握了一些医学知识。但是当他想进外科学院进修深造时，因为年龄小的缘故，未能如愿。

赫胥黎求知欲非常旺盛，在学习上永不满足。在工作之余，他又自学了法、德、意、拉丁和希腊等语言。21 岁时，他以海军军医的身份，作了一生中最有意义的第一次冒险远航。赫胥黎根据远航的见闻，发表了一篇论文——《关于水母的解剖学》，受到了科学界的高度赞扬，并获得了皇家奖章，被选为皇家学会会员。从此以后，赫胥黎在事业上迈开了更大的步伐，很快成为当时英国最年轻、最有希望的科学家之一。

在达尔文发表《物种起源》后，他竭力支持和宣传进化学说。为了

捍卫达尔文的学说，赫胥黎在以后的30年间，改变了自己的学术研究方向，转而研究脊椎动物化石。

在英国伦敦南部肯辛顿博物馆的达尔文雕像旁，无愧地屹（yì）立着赫胥黎的大理石像。这是后人为了纪念他在进化论学说上做出的重大贡献而建立的。

知识加油站

　　赫胥黎（1825—1895）是第一个提出人类起源问题的学者。曾任英国科学促进协会主席，伦敦大学校长。终身从事自然科学研究，积极宣传和捍卫达尔文的进化论学说。中国近代启蒙思想家、翻译家严复译述了赫胥黎的部分著作，以"物竞天择，适者生存"的观点号召人们救亡图存，对当时思想界有很大影响。

智慧亮点

　　赫胥黎一生对学习的追求可以用他的一句传世名言概括："尽可能广泛地涉猎各门学问，并且尽可能深入地择一钻研。"依靠自学，赫胥黎在科学研究上成就了他伟大的一生。学习的动力主要来自于个人内在的求知欲。一些外因如班级风气、学习环境或者家庭经济状况不能从根本上影响学习。相比赫胥黎，我们的学习环境比他好上几百倍甚至几千倍，所以，我们要珍惜现在的学习机会，把自己调整到一个极好的学习状态，便于很快的吸收知识。

嗜书如命的高尔基

　　高尔基是苏联时期的大文豪。他出生在沙俄时代的一个木匠家庭，4 岁丧父，从小被寄养在外祖母家里。因为家庭极为贫寒，他只读过两年小学。10 岁时就走入了冷酷的"人间"。他当过学徒，做过搬运工人，也做过面包师。他还两度到俄国南方流浪，受尽苦难生活的折磨。虽然如此，但他一直热爱读书，在任何艰难的环境下，都要利用机会扑在书上，如饥似渴地读着，正如他自己所说的："我扑在书上，就像饥饿的人扑在面包上一样。"

　　为了读书，高尔基受尽了屈辱。10 岁时他在鞋店当学徒，没有钱买书，就到处借书读。那时的学龄前徒，实际上是奴仆；上街买东西，

生炉子，擦地板，洗菜，带孩子……每天从早晨干到半夜。在劳累一天之后，高尔基用自制的小灯，还要坚持读书。

老板娘禁止高尔基读书，还经常跑到阁楼上搜书，搜到书就把它们撕碎。因为读书，高尔基还挨过老板娘的毒打。但是，为了看书，高尔基什么都能忍受，甚至甘愿忍受拷打。他曾经说过："假如有人向我提议：'你可以读书，但是要去广场上被人用棍棒打一顿！'我想，就是这种条件，我也是可以接受的。"

高尔基一生勤奋努力，如饥似渴地学习和读书。他写下了大量有影响的作品。在中学课本里我们会学到他的名篇《海燕之歌》这部作品。这首著名的散文诗《海燕之歌》是一篇无产阶级革命战斗的檄文与颂歌，塑造了象征大智大勇革命者搏风击浪的勇敢的海燕形象。

知识加油站

高尔基（1868 — 1936）苏联作家，社会主义现实文学的奠基人。他不仅是伟大的文学家，同时也是杰出的社会活动家。曾组织成立了苏联作家协会。代表作是自传体三部曲《童年》《在人间》《我的大学》。

智慧亮点

文中"我扑在书上，就像饥饿的人扑在面包上一样"一句，已经成为高尔基关于读书的经典名言，流传中外。书籍是人类的精神食粮，就如面包对我们的身体如此重要一样。

为了读书，高尔基什么都能忍受，甚至是拷打。而在物质丰裕的今天，我们稀缺的恰恰不是书籍，而是对知识那种如饥似渴的热爱。所以，当我们沉浸在丰富的物质世界中时，不要忘记给自己的头脑多充充电，抓住一切机会学习，让自己的人生变得充盈起来。

隔 篱 偷 学

贾逵是东汉时期著名的学者。他幼时丧父，母亲又体弱多病，经常需要人照料，因此生活非常艰辛。贾逵的姐姐一个人挑起了家庭的重担，她精心照料母亲，抚养弟弟，家中虽然清贫，但也时常充满着欢声笑语。

贾逵从小就十分聪明、勤奋，他爱刨根问底，钻研起问题来不达目的绝不罢休。

那时候，在贾逵家的附近有一个学堂，学堂里传出的琅琅读书声深深吸引着贾逵。他看见其他孩子都去上学，非常羡慕，便央求母亲也让他上学堂读书。躺在病床上的母亲心里十分难过，对贾逵说："孩子啊，咱们家太穷了，没有钱给你交学费，家里的钱都为我治病了，实在是没有办法啊！"说完，母亲便伤心地流下了眼泪。

贾逵的姐姐看到这个情景，便走过来，安慰了母亲一番，然后拉着贾逵走了出来，对他说："弟弟，母亲身体不好，别再让她操心了，我带你去学堂看看吧。"

姐姐领着贾逵来到学堂外面，这时学堂里又传来了琅琅的读书声。贾逵一听到读书声，就忘记了刚才的烦恼，忙跑了过去，他被读书声深深地吸引了。

可是，贾逵只能隔着学堂外面的篱笆往里张望，他踮起脚，伸长脖子，但是还是无法看到学堂里面的情景。

姐姐见状，赶紧跑过来，抱起了贾逵。这下，他看见了老师在讲课，学生们正摇头晃脑地跟着老师读书。贾逵高兴极了，他也跟着读

起来。老师让学生写字，贾逵便用小手在空中比画着学写字。

从这以后，贾逵天天到学堂外听老师讲课。由于他个子太小，看不见学堂里的情景，便搬来一块大石头，放在篱笆边上，然后站在大石头上，透过学堂的窗户听课。

有时候，天下大雨或漫天风雪，姐姐便劝贾逵不要出门。可贾逵有很强的求知欲，一天都不肯中断学习。大雪纷飞时，他披着蓑衣站在篱笆外听课。

几年下来，贾逵风雨无阻，从来没有间断过听课。他一回到家，便把听过的内容记录下来。一有时间，就拿着木棍在地上练习写字。贾逵就在如此艰苦的条件下，掌握了很多知识。

后来，贾逵终于成为著名的大学者，他的学说被世人称为"贾学"。

知识加油站

贾逵（公元30—101）东汉经学家、天文学家。字景伯。扶风平陵（今陕西咸阳市西北）人。任侍中及左中郎将等职。精通天文学，提出历法计算中应按黄道来计算日、月的运动，并指出月球的运动是不等速的。撰有《春秋左氏传解诂》《国语解诂》等，已佚。

智慧亮点

为了获取知识，小小的贾逵风雨无阻地站在学堂外面听课，虽然环境极其恶劣，但他一直坚持下来勤奋地学习，最终成长为著名的大学者。由此可见，一个人能否学到知识，与所处的环境没有直接的关系，获取知识关键在于一个人的勤奋和坚持。

勤奋是无价之宝。父母和社会为我们创造了如此优越的学习环境，我们无以为报，只有用更加积极向上的心去勤奋读书，才是对父母最好的报答。

对学习着迷的王冕

　　王冕是元代著名的诗人、花鸟画家。小时候，因为家里穷，上不起学，父亲便叫他给人放牛，好挣点儿钱补贴家用，当时他才七八岁。

　　一天，王冕从学堂门前走过，他被里面的读书声吸引住了，就把牛拴好了，趴在窗户外面偷听老师讲课。老师的讲解，有时深奥，有时浅显，还夹杂着许多闻所未闻的典故，使王冕产生了浓厚的学习兴趣，久久不愿离去。他还把老师写的字记在心上，听完之后，用树枝在地上练习。就这样，他不仅偷学了不少字，还学会了不少文章，能够背下来。但是，由于害怕父亲骂他贪玩，他不敢把这件事告诉家里。

　　有一次，王冕听完课后，发现牛不见了，只有半截缰绳扔在地上。他知道，牛等不及了，自己挣断缰绳去吃草了，急忙四处寻找，直到天黑透了才把牛找到。回到家里，正赶上一个邻居找上门来，说王冕的牛偷吃了他家的麦苗。父亲一怒之下，举起棍子就把他抽打了一顿，问他还敢不敢再贪玩。王冕说："我不是贪玩，我是听先生讲课去了。"父亲不相信，问他听到了什么。王冕便把他听到的文章背了一遍，父亲一听，还真像那么回事。见父亲面有喜色，王冕又在地上画了几个字让父亲看。这时，父亲摸了摸儿子的头，感慨地说："儿子，爹错怪你了。爹没钱供你读书，你却这样用功，爹对不起你啊。"

　　看到儿子是一棵读书的苗子，父亲便对母亲说："孩子自个儿用功，咱做爹妈的也不能看着不管。放牛时间太长，耽误他读书，不如找个空闲多的活儿让他干，这样他就能腾出更多的时间读书了。"商量好之后，父母到处打听。功夫不负有心人，有个人告诉他们，附近

庙里需要一个打杂的，活儿并不多。于是，父亲对王冕说："想不想去庙里干活？那里空闲时间多，可以多读书，还能挣钱。就是要离开家，住在庙里。"王冕虽然不愿与父母分开，但一想到能读书，就答应了下来。

来到庙里，王冕很勤快，老和尚很喜欢这个聪明好学的孩子，除去工钱外，还给他一些小钱，王冕便把这些钱攒起来买书。一到夜里，他就悄悄走出来，坐在佛像的膝盖上，手里拿着书就着佛像前长明灯的灯光诵读，有时一直读到深夜。

正是靠着这来之不易的学习机会，王冕一点一滴地积累知识，终于学有所成。

知识加油站

王冕（1287—1359）是元代著名画家、诗人、书法家。画作有《墨梅》《南枝春早》等。诗作有《竹斋集》。

智慧亮点

知识很多，就像茫茫无边的大海，只有坚持不懈，不断进取，才会成为有学问的人。知识并不像春天里开的花和秋天里结的果一样，可以随手摘下来。获得知识的钥匙只有一个，那就是勤奋，并且抓住每一个学习的机会。

学习机会是宝贵的，它不会自动找上门，所有的机会都要靠我们主动创造和争取。和王冕比起来，我们拥有的学习机会多好，所以我们要倍加珍惜啊！

热爱读书的冰心

冰心的爷爷叫谢銮恩，是一个很喜欢读书的人。他见冰心很有出息，从心底里感到欣慰。一天晚上，爷爷对她讲起了贫寒的家世。

原来谢家先辈世居福建长乐横岭，清朝末年，冰心的曾祖父为灾患所迫，来到福州学裁缝谋生，在这个地方艰苦度日。

一年春节，曾祖父出去收工钱，因为不识字被人赖账，两手空空地回家了。正等着米下锅的曾祖母闻讯，一声不吭，含泪走了出去。等到曾祖父找到她的时候，她正要在墙角的树上自杀，曾祖父救下了她，两人抱头痛哭。他们在寒风中跪下向天发誓，如果将来他们能有一个儿子的话，拼死拼活也要他读书识字，好替父亲记账、要钱。

他们一连生了四个孩子，直到第五个才是个儿子。夫妻两人克勤克俭，终于让谢銮恩成为谢家第一个读书人，而四个女儿却因为家里贫穷不能读书。说到这里，爷爷抚摸着冰心的头说："你是我们谢家第一个正式上学的女孩，你一定要好好读书啊！"冰心睁大眼睛，久久地望着爷爷。

冰心奶奶很坚强。她在 80 岁那年，因为脑血栓，右半身不能活动了，连笔也拿不了，接着她的腿又骨折了。但是，冰心奶奶没有放弃，像小学生一样重新练习拿笔，重新练习写字，终于又可以写东西了。

冰心奶奶很勤奋。她有句座右铭：多读书，读好书，读书好。冰心奶奶一辈子几乎没有停止过读书和写作，从 19 岁一直读到 94 岁，就在去世前，她还没有忘记和家人一起背儿歌。

知识加油站

　　冰心（1900—1999）原名谢婉莹，是著名女作家、诗人、儿童文学作家、翻译家。散文集《寄小读者》具有高度的艺术表现力，被称为"冰心体"。她的译作如黎巴嫩作家凯罗·纪伯伦的《先知》《沙与沫》，印度作家泰戈尔的《吉檀迦利》《园丁集》及戏剧集多种，都是公认的文学翻译精品。

智慧亮点

　　现在我们看来很平常的读书机会，在过去却是很难有的。因为在古代，大部分普通老百姓很贫穷，他们没钱供孩子读书，只有那些达官贵人才有读书的机会。冰心奶奶的读书机会就很难得，所以她一直用心读书。

　　知识的魅力在于，当我们越来越接近它，我们会被它深深吸引，甚至沉迷其中不能自拔。唯有多读书，读好书，我们才能学到更多的知识，更好地充实自己。

匡衡凿壁借光

　　汉朝时有个人叫匡衡，他从小就勤奋好学。由于家里很穷，他白天必须干很多活儿，挣钱糊口。只有晚上，他才能坐下来安心读书。不过，他又买不起蜡烛，天一黑，就无法看书了。匡衡心痛这浪费掉的时间，内心非常痛苦。

　　匡衡的邻居家很富有，一到晚上好几间屋子都点起蜡烛，把屋子照得通亮。有一天匡衡鼓起勇气，对邻居说："我晚上想读书，可买不起蜡烛，能否借用你们家的一寸之地呢？"邻居一向瞧不起比他们家穷的人，就恶毒地挖苦他说："既然穷得买不起蜡烛，还读什么书呢！"匡衡听后非常气愤，不过他更加下定决心，一定要把书读好。

　　匡衡回到家中，悄悄地在墙上凿了个小洞，邻居家的烛光就从这洞中透过来了。借着这微弱的光线，他如饥似渴地读起书来，渐渐地把家中的书全都读完了。

　　读完这些书，匡衡深感自己所掌握的知识是远远不够的，他想继续看多一些书的愿望更加迫切了。附近有个大户人家，有很多藏书。一天，匡衡卷着铺盖出现在大户人家门前。他对主人说："请您收留我，我给您家里白干活儿不要报酬。只要让我阅读您家的全部书籍就可以了。"主人被他的精神所感动，答应了他借书的要求。

　　匡衡就是这样勤奋学习，后来他做了汉元帝的丞相，成为西汉时期有名的学者。

知识加油站

匡衡是西汉经学家。元帝时做官至丞相，封乐安侯。由于勤奋学习，他对《诗经》的理解十分独特透彻，当时儒学之士曾传有"无说《诗》，匡鼎来。匡说《诗》，解人颐"之语。

智慧亮点

即使是被誉为天才的大科学家牛顿也说："假如我有一点微小成就的话，没有其他秘诀，唯有勤奋而已。"勤奋不仅能补拙，而且唯有勤奋和坚持才是成功的最大秘诀。

知识是无限的，我们现在即使取得了一点成绩，掌握了一些书本上的知识，但是用更长远的眼光来看，这些知识远远不够。只有不断地用功和努力下去，我们的智慧才不会枯萎，掌握更多有用的知识实现人生的价值。

米 芾 学 字

米芾（fú）是我国宋朝时期非常著名的书法家。他从小就喜欢书法，但练习了几年，却一直没有很大的进展。

有一天，从外地来了一个秀才，米芾听人说这个秀才字写得很好，于是前去向他求教。秀才答应收米芾做学生后，拿出一本字帖说："你回去后照这本字帖练习，写好之后再拿给我看。"米芾回去后照着秀才的话做，很快就将字写好了。他去见秀才，恭敬地请他指教。秀才看了一下，就摇着头说："你要我教你写字，就必须要用我的纸。"米芾立即答应道："没问题，只要老师愿意教我，就依您的要求做。"秀才又说："可是我的纸很贵，要五两银子一张。"米芾听后虽然有些吃惊，但还是硬着头皮答应了。

回家后米芾向母亲请求帮忙，母亲于是将首饰拿去变卖，再让米芾拿去买纸。米芾接过

从老师那里买的纸，觉得它与普通的纸并没有两样，但是因为花了大把银子，因此不敢随便下笔。他望着字帖琢磨笔势半天，用手在桌面上来回照着写来写去，就是无法下笔。

秀才见米芾半天还没写出一个字来，于是问他："为何还不写啊？"米芾回答说："纸太贵，怕写坏了。"秀才笑着说："你不写，要我如何教你呢？"于是米芾就非常用心地写了一个字，结果他写出来的字比字帖上的字更好更有力。就这样，米芾用秀才的纸练习了一段时间，书法技术便有了长足的进步，为他日后的成就打下了坚实的基础。

实际上，这个秀才早已悄悄地与米芾母亲商量好，将米芾拿来买纸的钱又还给了他的母亲，秀才只是用这种方法来激励米芾，让他练字时更加用心而已。

知识加油站 ♥

米芾（1051—1107）是北宋书法家，画家，书画理论家。曾任校书郎、书画博士、礼部员外郎。书画自成一家。与苏轼、黄庭坚、蔡襄并称宋代四大书法家。

智慧亮点

对每个人来说，学习的时光都很宝贵，怎样把时间充分利用起来，把大部分心思和精力用在学习上，是我们都需要考虑的问题。很多东西，当我们知道它来之不易时，往往会更加珍惜。就像文中的米芾一样，当他意识到纸张是用母亲的首饰变卖得来的，他格外用心练字。学习的机会和很多美好的事物一样，拥有时就要懂得珍惜，不要等到失去之后，才知道自己错过的东西有多珍贵。

第 三 章

不断总结和完善学习方法

　　做任何事情，一旦掌握了好的方法和窍门，就会事半功倍。同样，掌握学习方法，就意味着在相同的时间里，我们可以比别人获得更多的知识和技能，这不仅让我们在学习上获得成功，而且还提升了我们应对竞争的自信心。有道是"学习有法，学无定法，贵在得法"，意思是只有适合自己的方法，才是最好的方法。适合自己的学习方法不会从天而降，要靠我们不断探索和总结。我们在每一个学习阶段之后，只要认真总结自己学习方法上存在的问题，很快就会找到适合自己的学习方法。

天才少年达·芬奇

达·芬奇出生在意大利佛罗伦萨城附近的芬奇镇，父亲是当地的公证人，母亲是农村妇女，但他的母亲很早就去世了。

达·芬奇的童年是在祖父的田庄里度过的。孩提时代的达·芬奇聪明伶俐，勤奋好学，兴趣广泛。他歌唱得很好，很早就学会弹七弦琴和吹奏长笛。他的即兴演唱，不论歌词还是曲调，都让人惊叹。他尤其喜爱绘画，常常在木板上、地面上、墙壁上无师自通地画出栩栩如生的蛇、蝙蝠、蝴蝶、蚱蜢……他常为邻里们作画，邻居们见他画什么像什么，都亲切地称他为"小画家"。

芬奇的父亲本来不想让孩子学画画，而是希望他子承父业，当一名律师。但儿子非凡的画艺，把固执的父亲征服了。在他 14 岁那年，父亲终于高高兴兴地把他送到了当时欧洲的艺术中心佛罗伦萨，拜著名的画家、雕塑家和建筑师韦罗基奥为师。

老师对学生的要求很严格，他的教法也很特别。达·芬奇来到画室的第一天

是学画鸡蛋，第二天是学画鸡蛋，第三天仍是这样。无休止地画呀画，枯燥乏味极了，就这样画了一年。达·芬奇画腻了，心里想："这有什么必要呢？一笔下去画一个圈儿就行了。"韦罗基奥仿佛一眼就能看穿学生的心思，对他说："别以为画蛋很容易，很简单，如果这样想就错了。在一千个鸡蛋当中从来没有两个鸡蛋的形状完全相同，即使是同一个蛋，只要变换一下角度看它，形状立即就不同了。如果要在画布上准确地把它表现出来，非得下一番苦功不可。"

听了老师的这番教诲，达·芬奇明白了老师的苦心，他决心不停地练习基本功。每天一大早达·芬奇就对着鸡蛋画，直到夜深人静了，仍然在练习画鸡蛋。经过三年的努力，达·芬奇的技艺大长，他画的鸡蛋各具形态、惟妙惟肖。他对色彩的感觉变得敏锐了，对线条的把握更加准确了，手中的画笔也能绝对服从他的意志。

有一天，韦罗基奥画了一幅《基督受洗图》，他自己很满意，得意之余，对达·芬奇说："芬奇，在这幅画上再画两个天使吧！"达·芬奇高兴地答应了一声，很快就把两个天使画好了。这两个天使体态活泼自然，面部表情生动柔和。老师一看大吃一惊，相比之下，自己画的是多么生硬呆板呀。他在心里承认学生已经超过了自己，感到既高兴又惭愧，从此竟然搁笔不画，专门从事雕刻了。

后来，达·芬奇结束了学徒生活，开始了独立创作。《最后的晚餐》《蒙娜丽莎》等都是他的不朽名作。他的绘画成就越高，作画越是严肃。据说达·芬奇在画《最后的晚餐》时，为了把出卖耶稣的叛徒犹大画好，曾到各种场合去潜心观察赌徒、流氓、罪犯的各种形象和举止。最后，他终于找到了让犹大惊惶失措和手里紧握钱袋的表现手段。这两处细节描绘的巨大成功，是与他少年时长达数年的刻苦画蛋分不开的。

知识加油站

　　达·芬奇（1452—1519）是意大利文艺复兴三杰之一，整个欧洲文艺复兴时期最完美的代表。他思想深邃，学识渊博，多才多艺，是意大利文艺复兴时期的画家、雕塑家、发明家、哲学家、音乐家、医学家、生物学家、地理学家、建筑和军事工程师。其画作《蒙娜丽莎》成为文艺复兴到来的重要标志而被载入史册。

智慧亮点

　　练好基本功对我们的学习至关重要。一个很明显的例子就是，那些基本功好的同学，基础扎实，很容易理解和吸收新知识。而基本功差的同学，学起新东西来越来越吃力。所以在平时的学习中，我们一定不能轻视对基础知识的掌握和练习。

　　基础就好比一座大厦的地基，只有地基打得坚实，建筑物才能稳固地矗立于天地间。掌握基础知识，其实也是学习方法的一种。因为在学习中贪多求快，并不能快速提高成绩，反而那些扎扎实实进行基础练习的同学成绩提升很快。

沉醉于书的小女孩

艾米丽·勃朗特出生在英国一个贫苦的牧师家庭，曾在生活条件恶劣的寄宿学校求学，也曾随姐姐夏洛蒂去比利时学习法语、德语和法国文学。

艾米丽很小的时候，母亲就去世了。年幼的她和姐姐一起挑起了生活的重担。每天，姐姐都要到有钱的人家去当家庭教师，她就在家里做家务。

艾米丽性格内向，娴静文雅，从童年时代起就酷爱写诗，非常喜欢文学。爸爸的书，她早就反反复复地看过几遍了，她多想能有些新书啊！可是家里穷，没有钱让她去买书。她只好到处向别人借。

为了看到更多的书，她抓紧一切时间：做菜时，一手炒菜，一手端书；到市场上去买东西，也忘不了带上心爱的书，有好几次她差点撞上马车。

有一次，艾米丽洗完衣服，开始做午餐。她把面包放进烤箱烘烤，然后在一边看书。

这是一本新借来的小说，书中一个小女孩的悲惨命运，深深地吸引了她。她完全沉浸在悲伤之中，完全忘记了烤箱中的面包。

这时，姐姐回来了，一进门，她闻到了一股怪怪的味道，大声问道："艾米丽，什么东西烤糊了？"艾米丽此时正伤心地擦着眼泪，没有听到姐姐的喊声。

夏洛蒂到处闻闻，发现烤箱正开着，那味道正是从那儿传来的。她赶紧跑过去关了电闸，然后端起烤得黑乎乎的面包，递到艾米丽眼前。

艾米丽吃了一惊，抬起头，红红的眼睛望着姐姐："这是什么？是那可怜的小女孩的午餐吗？她一直都吃这种黑面包……"

夏洛蒂知道，妹妹看书又看呆了，便笑着说："不，这是我们几个可怜的小女孩的午餐！"艾米丽这才想起，面包早就该取出来了。

艾米丽就是这样利用每一分每一秒，一门心思看书，琢磨，她看了很多好书。后来，她开始写作。经过不懈的努力，她终于写出了一部闻名世界的经典作品《呼啸山庄》。

知识加油站

艾米丽·勃朗特（1818—1848）是英国女作家。夏洛蒂·勃朗特之妹，安妮·勃朗特之姐。她们并称"勃朗特三姐妹"，在英国19世纪文坛焕发异彩。《呼啸山庄》是艾米丽的唯一一部小说。此外，她还创作了193首诗，被认为是英国一位天才的女作家。

智慧亮点

学习需要专心的态度，集中精力去做一件事，才会有所得有所成。做任何事都需要专心致志，如果我们不能在课上和课下的学习中专注地听课和练习，就无法完全掌握那些对我们来说很有用的知识。只有专心致志地读书和练习，才会在学习上有所收获。

学习贵在专心。古往今来，那些在某个领域取得伟大成就的人，都是潜心钻研和专注，甚至是痴迷于这个领域的人。对读书的热爱，才是对学习最好的态度。

科学界的"小公主"

伊伦是居里夫人的女儿，人称科学界的"小公主"。她小时候好动，有点儿"野"，像个男孩子，有一次还把父母的诺贝尔奖章当作"大金币"玩。

当小伊伦长到该上学的年龄时，居里夫人对自己这个不怎么文静，不能安安稳稳坐下来看书的小伊伦，还真费了不少心思。

在伊伦的学习问题上，居里夫人有着很独特的见解。她一直认为不能用过时的教条和方式学习，教育孩子更不能如此。居里夫人主张要着重培养伊伦的独立认识和分析问题的能力，以便让她尽可能直观地学习和熟悉各个领域的最新知识。居里夫人常说，伊伦的这个年龄正是长身体、长知识的阶段，如果整天封闭在空气污浊的教室里，消耗过多的精力是不科学的，应该增加户外自由活动的时间。伊伦一直非常感激妈妈对她讲的一句话："学习要少而精，切忌一知半解。"这句话使她受益终生。

小伊伦最初的学习生活是在一所特殊的"小学"开始的。在这所特殊的"小学"里，没有呆板僵化的填鸭式学习方法，而是一种全新的跳跃式的趣味式学习法。小伊伦很快就被这种快乐而有趣的学习方法吸引住了，她的"野劲儿"收敛了许多。她开始把她似乎总也使不完的精力放在那些试管、烧杯、天平上，脑子里转起了一个又一个的问号……

伊伦每天除了学习功课以外，还要干些体力劳动。平时她还玩一些荡秋千的游戏，听各种音乐陶冶情操。劳逸结合的生活方式让她学会

了缝补衣服，还学会了在庭园里劳动、做饭。这种极具趣味性的快乐的学习一直持续了两年，这段时间奠定了伊伦进军科学的基础。她后来在科学上的伟大成功，很大部分应该归功于这段早期的学习经历。

知识加油站

　　伊伦·居里（1897—1956）是法国著名女科学家居里夫人的长女。尽管伊伦12岁时才上学读书，但从小就受到母亲对她进行的科学教育。长大后伊伦与其夫约里奥·居里合作，于1932年发现一种穿透性很强的辐射，后确定为中子；1934年发现人工放射性物质。约里奥·居里夫妇因合成新的放射性核素而共同获得了1935年诺贝尔化学奖。

智慧亮点

　　学习的目的是什么，如何学习，怎样培养我们的学习兴趣，这些问题在这个故事里都能够找到很好的答案。为了在心里完全接纳学习，我们要运用趣味性的学习方法，还要处理好学习与休闲的关系，劳逸结合才会收到事半功倍的效果。学习兴趣的培养也始于此。

　　就像居里夫人教导伊伦的那样，学习重在能力的培养。夸夸其谈，华而不实从来都是学习的大敌。在学习上，我们也不能贪多求快，只有对一个东西完全掌握以后，再开始学习新的东西，才是正确的学习方法。

培养能力最重要

曾经获得过诺贝尔物理学奖，著名美籍中国物理学家李政道教授曾于 1984 年 5 月访问了中国科技大学。在与少年班的同学座谈时，他说过："考试，只是考一个人的记忆力，考的是运算技巧，这不是学习的重点，学习的重点是培养能力。"

当时李教授问："你们谁是上海来的学生？"

"我是。"一个少年大学生答。

"你对上海的马路熟悉吗？"

"差不多都熟悉。"

"那好。我再找一个从来没去过上海的同学。"李教授一边说，一边指着另外一个少年大学生："好，比如你，没去过上海。现在我给你一张上海地图，告诉你，明天考试的内容是画上海地图，要求标出全部主要街道的名称。"然后，李教授又回头对那位上海同学说："不过，并不告诉你。第二天，叫你们俩来画地图。你们大家说，他们俩，哪一个地图画得好一些？"

同学们不约而同地指着那位没去过上海的同学，齐声说："当然是他画得好一些。"

"大家说得对！"李教授很兴奋。接着说："他虽然没去过上海，但是他可以连街道名称都标得准确无误。不过，再过一天，如果把他们俩都带到上海市中心，并且假定上海市所有的路牌都拿掉了。你们说，他们俩哪一个能从上海市中心走出来呢？"

同学们都笑了，答案是显然的。

学习的藏宝图

李教授说："我们搞科学研究，就是在没有路牌的地方走路。只有多走，才能熟悉。你地图虽然画得好，考试可以得100分。但是你走不出去啊。所以，真正的学习是培养自己在没有'路牌'的地方也可以走路的能力。最后能走出来，这才是学习最本质的东西。"

知识加油站

李政道是著名美籍华裔物理学家。1957年与杨振宁共同提出的"弱相互作用中宇称不守恒"观念被实验证明，因此共同获得诺贝尔物理学奖。

智慧亮点

学习的目的和重点在于培养能力。我们一切的学习目的并不是为了单纯地追求一些知识数量的增长，或者仅仅为了提高考试成绩。

"真正的学习是培养自己在没有路牌的地方也可以走路的能力。"这句话精辟而又深刻地概括了学习真正的目的。考试成绩并不是衡量学习好坏的标志，我们要把学习的重点放在培养学习的各种能力上来，以适应知识经济时代对创新能力型人才的需求

华罗庚的学习方法

　　我国著名数学家华罗庚的学习经验之一，就是"设想阅读学习法"。他勉励青年们在寻求真理的长征中，要不断地学习，勤奋地学习，创造性地学习。

　　华罗庚是从自学开始，而后走上成才之路的。他说："应当怎样学会学习呢？我觉得，在学习书本上的每一个问题、每一章节的时候，首先应该不只看到书面上，而且应当看到书背后的东西。"究竟要看到背后的什么呢？华罗庚进一步做了解释：对书本的某些原理、定律、公式，我们在学习的时候，不仅应该记住它的结论，懂得它的原理，而且还应该设想一下人家是怎样想出来的，经过多少曲折，攻破多少关键，才得出这个结论的。同时还不妨进一步设想一下，如果书本上没有做出结论，我自己设身处地，应该怎样去得出这个结论。

　　这就是说，读书不仅要知其然，而且还要知其所以然；不仅要懂得结论，而且还要了解结论是怎样得出来的。一般人学习容易犯急躁的毛病，拿起一本书，几下子就看完了，实际上并没有读懂，应用的时候才发现吃了夹生饭，不能运用自如。学习应该向华罗庚所说的那样，多做几个设想，深追穷搜，找出书"背后"的东西。这样学习虽然慢些，但却能收到良好的实效。

　　华罗庚还提倡学习要有两个过程：一个是"由薄到厚"的过程，另一个就是"由厚到薄"的过程。前者指的是学习要积少成多，循序渐进，这仅仅是学习过程的第一步；如果仅停留在这个阶段，学习就不会有大的进步。重要的是第二步，即在"由薄到厚"的基础上，必须

再返过来，"由厚到薄"。

那么，如何将"厚"书读"薄"呢？华罗庚的体会是："在对书中每一个问题都经过细嚼慢咽、真正懂得之后，就需要进一步把全书各部分内容连串起来理解，加以融会贯通，从而弄清楚什么是书中的主要问题以及各个问题之间的关系。这样，我们就能抓住统率全书的基本线索，贯穿全书的精神实质。"这就是说，必须站得高一点，对所读的书的内容进行分析、比较、归纳、综合，把原来很厚的一本书提炼成几组公式、几个原则、几种方法，等等。这样一来，既高度概括总结了全书的经典内容，又便于识记本书的重点。只有这样，对学问才能有比较透彻的了解。

知识加油站

华罗庚（1910 — 1985）是我国著名数学家，中国现代数学之父。他和钱三强被认为是中国计算机界的两位功勋科学家。华罗庚对于人才的培养格外重视，他发现和培养陈景润的故事更是数学界的一段佳话。

智慧亮点

"工欲善其事，必先利其器"。学习和阅读也是如此，掌握一定的技巧很有必要。读书的过程就是要把厚书读薄了，把薄书读厚了。厚与薄的互相转化依赖我们对知识的理解。

我们学知识不仅要知其然，还要知其所以然。囫囵吞枣或者吃夹生饭，对学习一点好处都没有。因为不经过咀嚼或者吃夹生的东西，不仅食之无味，也不容易消化，甚至对肠胃造成伤害。学习是一个不断求解的过程，环环相扣，每一步都要认真和踏实

从兴趣到理智

施蛰（zhé）存小时候读书广泛，从《千字文》《百家姓》《三字经》《古文观止》到英国、法国文学，从童话到中外古今新旧小说，每读一本书都和书中人物融合为一，仿佛自己就是济公、武松、李逵、黄天霸、贾宝玉或堂吉诃德，完全是"用感情去读书"，多是从兴趣出发。直到 1937 年抗战爆发，他离开上海，到云南大学教书，教的是大学一年级的国文、历代诗选和历代文选课。尽管他非常努力地编写讲义，但上了几个月课，他才知道自己以前光是读书，纵然读了许多书，全不管用。有的古诗文，自己过去读了几十遍，自以为全懂了，没有一点儿问题了，没想在课堂上一讲，经学生一问，问题便出来了。这件事对他的触动很大，改变了他过去全凭兴趣读书的习惯。

从此以后，他要讲什么课，先广泛搜集与这堂课相关的详细资料，并加以梳理整合，同时，还在书旁做一些札记。这时，他开始注意"用理智去读书"了。比如《水浒传》他就看了第二遍、第三遍，书中人物再也不能和他合二为一。他开始注意的是作者描写潘金莲和潘巧云的方法有什么相同点和不同点，七十回本和一百二十回本哪本更优哪本更劣，金圣叹的评语可信还是不可信。用这种眼光去看小说，即使是当时也有可乐之处，但毕竟不是青少年时期的那种乐趣了。后来，他在厦门大学讲《史记》，就写成了《＜史记＞札记》。

施先生说："一个人，能不能经常读书，是不是有志于不断提高文化水平和扩大知识面，完全决定于中学阶段。"他认为，一个学生应该读些什么书，不必有太严格的限制，主要是必须善于培养爱读书的

习惯。一个学生，如果是除了课本之外什么书也不读，是没有希望的；而一辈子光读小说的人，同样也是没有希望的。而如果有目的地为汲取书中"营养"去读书，就会自觉地以审视的目光对书本进行分析，注意吸收书中好的内容、新的知识、写作技巧、优美语句，读书的收获自然也就大。

知识加油站

施蛰存（1905—2003）原名施青萍，是我国现代著名的作家、翻译家、教育家和古典文学理论家，被誉为"百科全书式"的专家。曾任华东师范大学中文系教授。1929年施蛰存在中国第一次运用心理分析创作小说《鸠摩罗什》《将军的头》而成为中国现代小说的奠基人之一。其代表有《蝴蝶夫人》《石秀之恋》。

智慧亮点

在学习和阅读方面，我们要为自己制定完善的计划，学什么、读什么、怎么学、怎么读，什么时候学、什么时候读，都应该涵盖在完整的阅读计划里。因为一个人追求的目标越高，他的才力就会发展得越快。

青少年时期是阅读的最佳时期，趁着年轻我们要多去规划自己的学习任务，多去读书，以增长智慧。一个知识渊博，做事有计划，分析有条理的人，注定会受到人们的欢迎。

茅盾是怎样读书的

五四运动以来，中国的一批知名作家都是经过长期的文学准备而后步入文坛的，他们从孩提时代起就逐步打下深厚的文学基础。鲁迅、郭沫若是这样，茅盾也是这样。

广泛阅读古今中外文学作品，取其精华，是茅盾走向文学成功之路的重要因素。茅盾认为："读书的范围愈广，则愈能得到多方面的启迪，他的写作的准备项下的积蓄愈厚愈大。"他指出，"边写边读是一条正确的道路"，但还须强调"边生活"。

茅盾一生读书甚博，学贯中外。他在《我阅读的中外文学作品》手笺上写道：青年时我的阅读范围相当广泛，经史子集无所不读。在古典文学方面，任何流派我都感兴趣，例如汉赋及其后的小赋，我在青年时代也很喜欢。至于中国的旧小说，我几乎全部读过（包括一些弹词）。这是在十五六岁以前读的（大部分），有些难得的书则是在大学读书时读到的。对于外国文学，我涉猎的范围也是相当广，除英国文学外，其他各国文学我读到的大半是英文译本。

如何阅读文学名著呢？结合自己的读书经验，茅盾在《杂谈文学修养》中建议，读名著起码"读三遍"。第一遍是粗读，快读。"好像在飞机上鸟瞰桂林城的全景"，主要引起"情感上受感动"；第二遍是慢读，细细咀嚼，注意篇章结构；第三遍是精读，要一段一段地读，注意炼句炼字。后两遍要让理智活动起来，不仅要分析技巧，而且要"想到作者的思想，要看到作者在这篇里写的是什么社会问题，写了哪几个典型人物，再想想他用怎样的形象表现出来"。同时，还应以

社会科学书籍参照来读，比如"托尔斯泰善写俄国的农民，所以我们最好能找一本讲俄国农民的书来读一读。"

此外，茅盾还提倡应多读作品评论和作者传记，并与其他名著进行比较，抓住其特点。他认为，多读、精读、思考和比较，是读文学名著的基本方法，也是提高文学修养的必然路径，舍此则别无他途。

知识加油站

茅盾（1896—1981）原名沈德鸿，字雁冰，是中国作家、社会活动家。代表作有中篇小说《幻灭》《动摇》《追求》，总称《蚀》三部曲，长篇小说《子夜》《霜叶红于二月花》等。新中国成立后曾任文化部部长，当选为中国文联副主席和中国作协主席。

智慧亮点

在这个快节奏的时代里，如何快速阅读，也是许多家长和青少年，甚至成人都在关心的问题。社会节奏的加快，信息的大量涌现，令我们目不暇接，不知道阅读该从何做起。

大文豪茅盾提出的文学名著"读三遍"的阅读方法，对于我们青少年阅读经典名著很受益。粗读、慢读、精读相结合，边读书边思考，并参考同类书了解某个时代或人物。这样的读书方法让我们终身受益。读书有方法，阅读才能更有效。

巧用"零头布"

　　我国著名数学家、原复旦大学名誉校长、北师大名誉教授苏步青先生在 20 世纪 80 年代已年过八旬，虽身兼数职，但他仍抽出时间搞科研、著书立说。他是如何做到的呢？

　　苏教授常在"零头布"上动脑筋。他称道"零头布"说："别看它零零碎碎的，积沙成塔，时间也可以积少成多嘛！"20 世纪六七十年代"四人帮"横行时，苏老受到政治迫害，但他并没有丢弃事业。当时，外国同行寄来国外新出版的微分几何新书，他爱不释手，反复诵读，吸取有益的养料，写下了读书笔记。粉碎"四人帮"后，他利用点滴时间，在过去研究成果的基础上，又吸收国外的新成果，编写出讲稿。1978 年夏天，苏教授冒着室外摄氏 41 度高温，到杭州讲学七天，用的就是这个讲稿。回校后，他一边继续整理，一边给研究生上了 50 个小时的课。《微分几何五讲》就是这样一章一章写完并且定稿的。这样，"零头布"在苏教授的手中就变为"整匹布"了。

　　在苏教授担任复旦大学校长期间，出差、开会占去了他很多时间。苏老觉得这当中还是有"零头布"可以挖掘和利用的。如果到外地开会，他每天早晚可以挤出三个钟头的"零头布"，用来搞重点项目；在家期间，星期天被作为"星期七"，找他的人络绎不绝，一天加起来能有两个钟头的"零头布"他就感到心满意足了。如果是在市里开会，他也总是尽量捕捉时间。

　　有一次，苏教授到市里开会，上午十时休会，下午三时再换地方开会。他屈指一数："这当中有五个钟头，坐等吃饭、休息太可惜了。"

饭票已买好，苏老还是决定不在外面吃饭，回家去干他两个钟头。他的《仿射微分几何》有20万字，大部分篇幅就是利用"零头布"的时间做成的。在该书自译成英文稿的过程中，苏老更是争分夺秒。他运用数学方法，计算出完稿前的一段时间，每天必须完成几页的译稿任务，然后就坚持不懈地去完成。要是今天被会议冲掉，明天一定想办法补上去。以至于每个阶段都超额完成任务，使该书的翻译任务比原规定的时间提前了二十多天。

巧用"零头布"就得把零碎时间抢来用。怎么用法呢？苏教授说："如果你到我办公室来，你就会看到我的办公桌上，右边放着公文，左边放着书籍杂志。我批阅完了右边的公文后，就拿起左边的科学书籍看起来。尽管办公室里的电话声、谈话声很嘈杂，我却不在乎，好像没听见似的。"

苏老善于巧用时间，更善于提高时间的利用率。每天清晨，他起床后做健身操，阅读古诗词，然后收听中央人民广播电台的新闻联播节目。如果上午开会，早饭后的时间就用来阅读文件。晚上睡觉前，他还要记上几笔日记。散步、聊天的时间，有时用来构思诗作。在每周日程排满之后，苏老还能见缝插针，接待记者的来访，朋友的座谈。在他那里，时间得到了最充分的利用。

智慧亮点

时间对每个人都是公平的，学习要善于充分利用点滴时间，在今天完成今日之事，使今天的时间得到充分利用。零布头的时间虽然看起来很少，少到好像不值得一提，但是这些时间累积起来就是几小时几小时，这对于严谨治学、惜时如金的人来说是非常宝贵的。我们也应该抓紧时间，和时间赛跑，努力成才，把握住每一个今天。

第 四 章

好的学习态度是成才的前提

　　态度也是一种学习能力。一位名人说，爱好是成功的一半。无论做什么事情，态度决定一切。积极的态度是学好文化课的前提，是提高学习成绩的基础。在校园里我们可以发现，学习态度端正的学生，往往主动地、自觉地学习。长此以往，必然会取得优异成绩。"书山有路勤为径，学海无涯苦作舟。"可见，古人同样强调读书态度的重要性。只要有了良好的学习态度，自然就会去摸索出好的学习方法。到了那个阶段，态度自然就变成了一种学习能力。因此，培养学生的良好态度十分重要。

一个猜想成就的数学家

他是我国一位家喻户晓的大数学家，他在攻克哥特巴赫猜想方面做出了杰出的贡献，许多人亲切地称他为"数学王子"。而他在数学上的成就来源于这样一个故事。

1937年，一向学习勤奋的他考上了福州英华书院。当时正值抗日战争时期，清华大学航空工程系主任留英博士沈元教授回福建奔丧，不想因战事被滞留家乡。几所大学得知这个消息，都想邀请沈教授前去讲学，但沈元都一一谢绝了邀请。由于沈教授是英华的校友，为了报答母校，沈元来到这所中学为同学们讲授数学课。

一天，沈元老师在数学课上给大家讲了这样一个故事："200年前有个法国人发现了一个有趣的现象：6=3+3，8=5+3，10=5+5，12=5+7，28=5+23，100=11+89……这个法国人从中发现，每个大于2的偶数都可以表示为两个奇数之和。因为这个结论还没有得到证明，所以还只是一个猜想。"沈元还说："数学是自然科学的皇后，而这位皇后头上的皇冠，则是数论，我刚才讲到的是哥德巴赫猜想，它是皇后皇冠上一颗璀璨夺目的明珠啊！"

听完了沈元所讲的故事，下面的同学议论纷纷，很是热闹，内向的他却一声不出，整个人都"痴"了。这个沉静、少言、好冥思苦想的孩子完全被沈元的讲述带进了一个色彩斑斓的神奇世界。在别的同学啧啧赞叹、但赞叹完了也就完了的时候，他却在一遍一遍暗自问自己："你行吗？你能摘下这颗数学皇冠上的明珠吗？"

一个是大学教授，一个是黄口小儿。虽然这堂课他们之间并没有严格意义上的交流，甚至连交谈都没有，但又的确算得上一次心神之交，因为这奠定了他一个美丽的理想，一个奋斗的目标，让他愿意为之奋斗一辈子！

多年以后，他从厦门大学毕业，几年后，被我国著名数学家华罗庚慧眼识中，伯乐相马，调入中国科学院数学研究所。自此，在华罗庚的带领下，他夜以继日地投入到对哥德巴赫猜想的漫长而卓绝的论证过程之中。

1966年，中国数学界升起一颗耀眼的新星，他在中国《科学通报》上告知世人，他证明了"1+2"！这个数学家是谁，也许大家已经猜到了，他就是陈景润。

1973年2月，从"文革"浩劫中奋身站起的陈景润再度完成了对"1+2"证明的修改。他所证明的一条定理震动了国际数学界，被命名为"陈氏定理"。

智慧亮点

　　"态度决定一切"已经成为一句耳熟能详的口号，态度的重要意义不言而喻，在学习中尤其如此。在这个故事中，陈景润少年时期就树立了破解世界数学难题的信念，几十年刻苦钻研，夜以继日地演算和论证，最终离证明哥德巴赫猜想、摘取数学皇冠上的明珠仅一步之遥。他的学习态度和钻研精神是值得我们学习的。

陈景润（1933—1996）是中国著名数学家。1966年发表数学论文（简称"1+2"），成为哥德巴赫猜想研究上的里程碑。他所发表的成果被称之为陈氏定理。这项工作还使他与王元、潘承洞在1978年共同获得中国自然科学奖一等奖。

成功没那么简单

她曾是中国跳水界乃至整个体育界的红人。11岁她就照亮了天际，成为亿万人瞩目的世界冠军，14岁成为巴塞罗那奥运会女子10米跳台跳水金牌得主，4年后又在亚特兰大奥运会上获两枚跳水金牌。她在当时中国的体育界，就像天边一道绚丽的彩霞，照亮了体育界的一片天空。

她7岁开始练习跳水。小时候她不知吃了多少苦，流了多少眼泪。为了加强关节的柔韧性，矫正孩子们的关节，教练每天都让小家伙们在各自房间里练功。他们坐在小板凳上，把双腿平放在另一个小板凳上，然后由教练或探望的家长帮忙，坐在小家伙的双膝上。大人100多斤的重量，一压就是几十分钟，孩子关节疼痛难熬的程度，是可以想象出来的。练习的时候，她用小手使劲拍打着妈妈，尖声喊着："时间到了吗？时间到了吗？"妈妈为了让孩子成才，真是铁石心肠，不为所动。尽管她连声哭叫求饶，但第二个晚上，她还是乖乖地坐在板凳上，等着压韧带。成功正是孕育在这种坚忍不拔的毅力之中。

1987年，她被国家跳水队教练于芬看中。经过精心培养和严格训练，小姑娘开始一步步登上了世界冠军的宝座。1990年7月，在美国西雅图举行的友好运动会上，徐益明教练果断地把她推到疾风暴雨中考验，让她参加了比赛。面对人高马大的外国运动员，她就像童话里的小矮人。但她犹如鹤立鸡群，技压群芳，终于夺得友好运动会女子10米跳台跳水的冠军。中国小女孩一下子爆出了世界大赛的冷门。

1991年1月4日，在佩思世界锦标赛女子跳台比赛中，她又赢得了这个项目的冠军。从此，她像九霄彩霞一般照亮天际。然而，任重而道远，正如她在1992年7月26日的日记中所写："今天预赛成绩不错，我排在第一；但那已经成为过去，明天我要重新开始，一轮一轮地拼。"功夫不负有心人，在1992年7月27日的跳台跳水决赛中，她沉着稳健地一轮一轮拼到底，终于战胜了所有的对手，为祖国赢得了又一枚奥运会女子10米跳台跳水的金牌。14岁的她再次成为万众仰慕的世界级明星。这位了不起的人物就是我国前跳水名将伏明霞。

智慧亮点

也许大家都曾留意到，当运动员站在最高领奖台上时，他们眼睛里往往噙着观众无法读懂的泪水。那泪水既饱含着成功的喜悦，也蕴含着付出的艰辛。很多时候，我们往往羡慕明星背后的光环，却不知道成功的背后，他们洒下了多少汗水，流过多少眼泪。

通过这个故事，我们明白，一个人的成才和成功，并没有那么简单，成功犹如由蛹到蝴蝶的蜕变，只有用毅力才能拥抱成功

知识加油站

伏明霞是中国前著名跳水运动员，中国奥运史上最年轻的冠军，被称为跳水"女皇"。在1992年巴塞罗那奥运会上夺得10米跳台冠军时只有14岁，是奥运史上最年轻的冠军。此前一年，她还赢得了第六届世界锦标赛跳台桂冠，成为最年轻的世界冠军并被载入《吉尼斯世界纪录大全》。

少年孔子识字

孔子生活在我国古代春秋时期，是我国儒家学派的创始人。他之所以能成为弟子三千、名扬四海的大圣人，是和他小时候的刻苦勤奋分不开的。

史书言，孔子母亲在他刚刚三岁的时候，就教他读书识字，到四岁的时候，孔子已经会念百余个字了。

有一天，孔子的母亲问孔子："昨天我教你的字会背了吗？"

孔子说："都记住了。"

母亲说："那好，明天一早我考考你。"

孔子小时候睡觉，是和哥哥在一起的。这天晚上，他钻入被窝后对哥哥说："哥哥，母亲教给你的字都记住了吗？"

哥哥道："都记住了。你呢？"

孔子说："我已经练了好几遍，也许都记住了，可又没有把握，明天一早母亲要考我，如果有不会的，母亲一定会非常伤心。不行，我一定要起来再多练几遍。"

哥哥被孔子这种刻苦学习、孝顺母亲的精神所感动，心疼地说："天气凉了，别起来练了，就在我的肚子上写吧。我能觉出对错，也好对你写的字做个检查！"

于是，他就在哥哥的胸口上写了起来。每写一字，就念出声来。可这声音越来越轻，当他写完最后一个字的时候，声音也听不到了。哥哥验完他的最后一个字，听着他那均匀的呼吸，望着他甜中带笑的睡容，既心疼又爱怜地笑了。

第二天一早，在母亲考核时，孔子一遍通过。母亲惊喜道："这孩子真神了，前天教了他那么多字，只过了一天，就如此滚瓜烂熟，将来准能成大事啊！"

望着母亲欣喜的面容，孔子高兴地笑了。然而在这微笑中，却伴着两行泪水。

站在旁边的哥哥，深深地理解他，知道在他超人的天资背后，更多的则是弟弟那锲而不舍的精神和刻苦勤奋的汗水。

知识加油站

孔子（公元前551—公元前479）名丘，字仲尼。春秋时期鲁国人。我国古代伟大的文学家、思想家、政治家、教育家，儒家学派创始人。一生从事传道，授业，解惑，被中国人尊称"至圣先师，万世师表"。

智慧亮点

正所谓"天才来自勤奋"，没有人生来就是天才。靠着一点一滴的努力和积累，我们每个人即使成不了天才，也能成就一个出色的自己。

父母对我们的学习一向很关心，尤其是我们的成绩。而其实我们都知道，综合素质才是一个人完整的体现。我们需要牢记在心的是，今天的刻苦学习，我们是在为自己学。能够为自己的未来努力，是非常值得骄傲的一件事。

一心要读书的少年

　　罗蒙诺索夫是 18 世纪俄国一位伟大的科学家。他出生在俄国北方阿尔汉格斯克村一户渔民的家里。

　　罗蒙诺索夫 8 岁的时候，妈妈送他到退职教堂执事尼基蒂奇家里去学习。尼基蒂奇对小罗蒙说："念书可以走向知识的殿堂。走向知识的道路可是一条很艰辛的路，是你自己要读书，还是你妈妈逼你来的呢？"

　　小罗蒙诺索夫很干脆地回答："是我自己要求读书的。"

　　尼基蒂奇听了很高兴，并说这个小罗蒙诺索夫可不一般。可是上课没过多久，尼基蒂奇就病倒了。

　　在一个伸手不见五指的夜晚，小罗蒙诺索夫敲响了舒勃纳家的门。舒勃纳是村上首屈一指的文化人。他打开了门，见是小罗蒙诺索夫，就问他："是你父亲叫你来的吗？"

　　小罗蒙诺索夫很干脆地回答："不，是我自己来的。我要读书，叔叔，您就收下我吧！"

　　舒勃纳答应了这个孩子的请求。整个寒冷的冬天，小罗蒙诺索夫每天很早就起来，赶到舒勃纳的家里来学习文化知识，一点儿也不用爸爸妈妈操心。过了一段时间，待尼基蒂奇的病痊愈后，小罗蒙诺索夫已经把识字课本全部学完了。

　　不幸的是，仁慈的妈妈突然病故了。两年以后，爸爸给他找了个后母，后母是个凶狠毒辣的女人。小罗蒙诺索夫在家里总喜欢捧着书不停地看啊，念啊。后母看到他看书就气不打一处来，常常把他的书夺过来，往地上一摔，还凶狠地说："念什么书，书念得越多越笨，你给我滚出去！"

小罗蒙诺索夫只好离开温暖的屋子，钻进寒冷的旧板房里。他在那个寒冷如冰的屋子里如饥似渴地看着书，整个精神沉浸在知识的海洋里。

恶毒的继母视小罗蒙诺索夫为眼中钉、肉中刺。她想出一个办法，让他的父亲带着他出海去。父亲万般无奈，只好让10岁的小罗蒙诺索夫跟着他出海捕鱼。有一天，罗蒙诺索夫一边烧鱼汤一边看书，由于思考着书中的问题，他完全忘记了自己在烧鱼汤。结果烧鱼汤变成烤鱼干了！父亲无可奈何，父子俩就只能吃鱼干了。

出海三天以后，船驶入了汹涌澎湃的大海。忽然海上刮起了飓风，巨浪铺天盖地席卷而来，眼看着就要翻船。罗蒙诺索夫迅速地脱去胶鞋，像猴子一样爬上桅杆，拴住吹掉的帆篷，帆船得救了！父亲看着小罗蒙诺索夫的机智勇敢保住了帆船，感动得流下了热泪。他对儿子说："孩子，你可立了大功了，奖你一件鹿皮上衣吧！怎么样？"

懂事的小罗蒙诺索夫说："爸爸，我什么也不要，我就要一本书！"

爸爸听了高

兴地问："你要一本什么书啊？"

小罗蒙诺索夫回答说："一本什么知识都有的书。它能告诉我为什么星星不会掉下来，为什么黑夜过去是黎明……"

没想到爸爸却说："小傻瓜，别说世界上没有这样的书，就是有，我也不会买。你的当务之急是要抓紧时间把我的本事学到手！"

有一天，罗蒙诺索夫看见达尼洛夫家有一本著名的数学家写的书，看过之后他爱不释手。达尼洛夫看他喜欢就对他说：

"你要是有胆量到墓地去过一夜，这本书就送给你了。"

为了拿到那本心爱的书籍，小罗蒙诺索夫真的大着胆子在墓地里睡了一夜。漆黑的夜里，他仰望着满天的星星，数也数不清，看也看不到边儿，真是苍穹无边哪！一夜很快就过去了，罗蒙诺索夫终于如愿以偿，得到了那本宝贝书。他用颤抖的手捧着它，把它揣进了怀里，还激动得吟诵了一首诗。

在一个风雪交加的夜晚，罗蒙诺索夫家里来了一位从莫斯科来的客人。因为车夫迷了路，他要求借住一宿。罗蒙诺索夫问那位莫斯科来的客人："你有书吗？"

那客人说："有，我在莫斯科的一所学校里教书，那里有好多的书。"

罗蒙诺索夫说："你把莫斯科所有的学校都给我画在纸上，可以吗？"

客人说："好，我给你画！"

罗蒙诺索夫看完后对爸爸说："爸爸，让我到莫斯科去吧！"

爸爸说："你疯了吗，我只有你这么一个儿子。你敢胡来，看我不狠狠儿揍你！"

就在当天夜里，罗蒙诺索夫向邻居借了三个卢布，偷偷地离开了家。经过长途跋涉，他去莫斯科寻找学校，寻求知识，探索世界的奥秘去了。

后来，罗蒙诺索夫终于进入了莫斯科的一所学校，并以优异的成绩被派往德国留学。回国后，他更加刻苦钻研，发现了物质不灭定律，还在电学、光学、气象学、天文学等方面做出了重大贡献。

罗蒙诺索夫博学多才，还是俄国著名的学者、诗人。他被人称为"俄罗斯科学之父"，成为科学史上永远值得纪念的人。

知识加油站

罗蒙诺索夫（1711—1765）是俄国科学家、语言学家、哲学家和诗人。1748年创建了俄国第一个化学实验室；1755年创办了莫斯科大学；1760年当选为瑞典科学院院士，1764年当选为意大利波伦亚科学院院士；被誉为"俄国科学史上的彼得大帝"。俄罗斯诗人普希金把他比作"俄罗斯的第一所大学"。

智慧亮点

寻找知识的路是一条不平凡的路，不仅荆棘丛生，需要跨越诸多的艰难险阻，而且当我们在获得一个知识以后，马上就会发现，还有更多的知识领域有待于我们去开发。

学习是每个人自我发展的需要。我们一直在为自己读书，不是为了提高大脑的活动能力去读书，也不是为了和别人进行比较而去读书，更不是为了达到某些人的期望而去读书。只有当我们发自内心地渴求知识，才能真正敲开知识王国的大门。

一生坎坷的莎士比亚

莎士比亚幼年时，因为家里的条件比较好，父亲把小莎士比亚送到镇上的文法学校读书，使他受到了良好的教育，为莎士比亚后来的创作打下了初步的文化基础。

莎士比亚 23 岁时，抛妻别子，一个人到伦敦去闯天下。在伦敦他几乎什么事都干过。他当过教师、屠夫、听差、律师事务所的杂役，还参过军。可是没有一个职业是长久的，他认为这些职业都不适合他。那时的莎士比亚可以说是穷困潦倒，一贫如洗，常常流落街头，衣食无着。

有一天，他到一家小酒馆想借酒浇愁，向店家赊一杯酒喝。可是店家看他一副穷酸相，哪里肯白白地给他酒喝呢？

店主怒骂道："你这个不名一文的乞丐，还想要喝酒？快给我滚出去！"这时，一个正在店里喝酒的人把莎士比亚叫过去，说："你坐下，我请你喝酒。"说着，他便对店主说，"请你给他送三杯酒来，记在我的账上。"

莎士比亚千恩万谢地坐下来喝酒。

"你是从哪里来的？准备干什么？"请他喝酒的人问。

"我从斯特拉特福镇来，想在伦敦找工作。可是我现在的运气不好，一直没有找到安身之处。"莎士比亚很坦白地说。

"我是这里一家剧院的股东。如果你愿意的话，不妨到剧院去喂喂马匹，干些杂活，先解决吃饭的问题，怎么样？"

"那当然是再好不过了。"莎士比亚对那人越发的感激了。就这样莎士比亚进了剧院。在那里，他很努力地工作，加上有较好的文化基础，所以不久剧院就让他做剧务工作了。在工作过程中，导演发现他口齿伶俐，头脑灵活，就让他在幕后给演员提台词，当戏中的配角不够时，也让他上台跑跑龙套。渐渐的，在跑龙套的过程中，他的戏剧才能得到了展现。

莎士比亚本来就有一定的文化基础，长时间在剧院里工作的熏陶，再加上他的戏剧天分，使他不久便开始了剧本的写作。莎士比亚的作品一上演就引起了不小的轰动，其票房收入达到整个演出季节的最高峰。

知识加油站

莎士比亚（1564—1616）是英国著名剧作家、诗人，代表作有四大悲剧《哈姆雷特》《奥赛罗》《李尔王》《麦克白》；著名喜剧《仲夏夜之梦》《威尼斯商人》《第十二夜》《皆大欢喜》；历史剧《亨利四世》《亨利五世》《查理二世》；正剧《罗密欧与朱丽叶》。马克思称他和古希腊的埃斯库罗斯为"人类最伟大的戏剧天才"。

智慧亮点

信心是成才的基石，没有信心的人，将一事无成。在莎士比亚颠沛流离的一生中，底层生活的艰辛并没有成为阻碍他成才的绊脚石，反而为他日后的创作提供了丰富的生活素材。

莎士比亚为我们树立了一个学习的榜样，信心可以让我们在黑暗中化阻力为动力。在生活中，我们只有不放过任何可以学习和成长的机会，创造一切条件促进自身的发展，才会谱写出人生最华丽的篇章。

只 要 能 学 习

　　1979 年获诺贝尔奖的英国化学家布朗，从小父亲就很支持他读书。尽管家里并不宽裕，父亲还是把小布朗送到了一所较好的学校去读书。学校里富人多穷人少，而富人的孩子欺负穷人的孩子也就成了家常便饭。布朗在班里是学习最好的学生，也是最穷的学生。由于他的勤奋和聪明，很受老师的喜欢，那些富家子弟开始对布朗不满起来，总想找机会教训他。

　　在一次数学课上，老师在黑板上写出了一道题让同学们来做，调皮的约翰又在下面捣蛋，老师点名批评了他，并说："要是你能像布朗那样听话爱学习，你的成绩就不会那么糟糕了！"说完让他上讲台做题，不爱学习的约翰当然做不出来了，被罚站在一边。接着老师又让布朗来做，结果布朗走到黑板前，很快就做完了，而且结果完全正确，老师又一次夸奖了布朗。老师没想到这件事给布朗带来了灾难。

　　那天放学后，布朗走出校门，正要拐弯，却见约翰和几个小孩拦在了自己前面，他们几个不由分说就把布朗按在地上，对他一阵拳打脚踢，打得布朗躺在地上动弹不得。

　　约翰对布朗说："谁叫你那么逞能呀，下次再敢逞能打扁你！"当布朗身上青一块紫一块、一瘸一拐地回到家时，父母都吓坏了，他们问明白情况后非常难过，妈妈甚至抱着布朗说："以后不要上学去了。"布朗听了连忙说："不，我要上学，我要读书。"

　　"可是他们还是会欺负你的！"

　　布朗听到这里低下了头，过了一会儿他抬起头来，眼睛里含着两颗大大的泪珠说："爸爸，帮我转学吧！"

于是，父亲只得把布朗转到离家很近的一所黑人贫民学校。可是这所学校的条件很差。教室昏暗，环境脏乱，傲慢的白人老师不肯按时来上课。但这一切都不能阻止布朗求学的决心，他学习非常勤奋。

在学校上完课，布朗回到家里还要自学。家里舍不得晚上开灯，他就到光线很暗的路灯下学习。久而久之，大家都知道有一个13岁左右的小孩子风雨无阻地每天晚上在路灯下看书，雨雪的时候撑把伞，寒冷的时候加件衣服。

一次父亲很心疼地问他："布朗，你觉得自己辛苦吗？"布朗摇摇头说："只要能读书，能上学，再苦再累都值得。"听他这样说，父亲的眼睛一下子湿润了。

后来，布朗看了一本《普通化学》，迷上了神秘奇妙的化学。他选择了"定性分析化学"和"定量分析化学"两门课，不久他就考上了芝加哥大学并获得了奖学金，而且以插班生的身份直接进入三年级学习，毕业后留校担任化学老师，开始了他的学术研究生涯。最终布朗凭借自己的好学和努力获得了诺贝尔化学奖，取得了人生的辉煌。

智慧亮点

也许我们也会在心里问自己，读书辛苦吗，答案是不言而喻的。但是为了充实自己，为了我们以后有个好的发展，读书的这点苦又算得了什么呢。

出身贫寒却又极其热爱读书的布朗为了学习，克服了种种常人难以忍受的困难。他一心只想着学习，抱着对学习的强大信念，如痴如醉地沉迷于其中。纵使学习路上困难重重，只要我们有一颗积极进取的心，一定会取得成功。

知识加油站

布朗是英国著名化学家，获得1979年的诺贝尔化学奖金。1981年获得美国化学会普里斯莱奖金化学奖。

岳 飞 学 箭

岳飞，在我国是一个家喻户晓的民族英雄。他年轻的时候，跟着师傅学射箭。有一天，岳飞对师傅说："师傅，我练习射箭已经达到超凡

的境界了，就算是李广再生，他也未必比得上我！"

师傅听了微微一笑，说道："岳飞，你果真射得准吗？"

岳飞得意地说："我射得当然准了！百步穿杨轻而易举，就是天上飞行着的鸟儿，你让我射它的右眼，我绝不会射到它的左眼！"

这时，天空正好有一只鸟飞过来。师傅便对岳飞说："你就射天上那只鸟的右眼吧！"

岳飞取箭上弦，举向天空，他还没有将弦上的箭射出去，就放下了，说："师傅，那只鸟的右眼没有朝着我，我无法射右眼！"

师傅说："以后不要再自以为是，就是有再大的本事，人也要学着谦虚。"

岳飞不好意思地点了点头。

师傅又说："你的臂力强吗？"

岳飞说："当然强了！我能够将八石的弓拉满！我手上的这张弓就是八石的！"

师傅说："那你就把箭射出去，越远越好！"

于是岳飞将弓拉得满满的，然后将箭射了出去。

师傅看了微微一笑，拿起身旁五石的弓，也射了一箭，居然比岳飞射得还要远得多。

岳飞见了无比吃惊，说："师傅，怎么会这样？你用五石的弓比我用八石的弓射得还要远，而且你还没有将弓拉满？"

师傅笑着说："真正的强弓不是强度大的弓。强弓是需要一定弹性的，因此，就要有虚有满。总是拉紧的弦，是不可能射出强有力的箭的！这是我教你学箭的最后一招。"

岳飞牢记师傅的教诲，勤学苦练，没多久就成了射箭高手，比师傅还厉害。

知识加油站 ♥

　　岳飞（1103—1142），字鹏举，是南宋军事家，中国历史上著名的抗金名将。在出师北伐、壮志未酬的悲愤心情下写出千古绝唱《满江红》，至今仍是令人士气振奋的佳作。

智慧亮点

　　谦虚使人进步，骄傲使人落后。在学习上取得一点点的成绩就骄傲自满，只会让我们不思进取，并很快落后于别人。所以我们一定不能因为一时小小的成绩就自高自大。

　　想要在学习上有长足的进步，就需要我们抱着谦虚的态度。不必因为一次的成功而沾沾自喜，也不必因为一次的失败垂头丧气。在成功面前从容淡定，在失败面前不畏惧不退缩。学无止境，我们要摆正心态，因为需要我们学习的东西还有很多。

不要以为学习是最枯燥的事

约翰·亚当斯是美国第二任总统。

亚当斯求学的那个时代，必须学习拉丁语法，但是，他觉得那是一件相当枯燥的事。于是他就告诉他的父亲说："我不喜欢拉丁文，能不能让我干点儿别的啊？也许我更适合干其他别的什么工作呢。"

"好吧，亲爱的约翰，"父亲说，"你可以试试挖条沟。前面的牧场需要挖一条沟，既然你希望找点儿别的事情做，那么不妨就试试看。"

亚当斯兴奋地跑到牧场干了起来，不久，他就觉得挖沟是一件苦差事，没有坐在桌子边学拉丁文舒服，于是准备恢复学习。但他又不在表面上流露出来，因为他很清高，自尊心驱使他又干了一天，然而劳累终于战胜了自尊心，他又跑回去学那"枯燥"的拉丁文去了。

直到晚年，约翰·亚当斯也还一直认为这件事对塑造他的性格起了重要作用。

亚当斯在童年时对读书毫无兴趣，以致他父亲对他施行的种种诱导方式均告失败。老亚当斯十分愤怒，便直截了当地问他 10 岁的儿子："你想干什么，孩子？"

"当农民。"小亚当斯毫不迟疑地回答。

"那么好吧，我要教给你怎样当农民。"老亚当斯更加气愤了，"明天早上你同我去彭尼渡口，帮助我收茅草。"

第二天一早，父子俩一起出发，沿着小河干了一整天活儿，弄得满身是泥。

小亚当斯回到家中累极了，对当农民的热情也锐减了。老亚当斯问

儿子："你对当农民满意吗？"他认为他对孩子的教育已经收效了。

孩子的回答让他非常吃惊："我非常喜欢它，先生。"

亚当斯倔强的性格维护着他那高贵的自尊心，但是，从此他真正开始认真读书了。

知识加油站

约翰·亚当斯（1735—1826）是美国第一任副总统，是《独立宣言》签署者之一，被美国人视为最重要的开国元勋之一，同华盛顿、杰斐逊和富兰克林齐名。他的长子约翰·昆西·亚当斯后当选为美国第六任总统。

智慧亮点

世界上没有不劳而获的东西，对任何领域来说都是如此。要想当农民，你就得勤勤恳恳地种田，因为没有播种就没有收获。而作为学生，我们的首要任务就是认真读书，趁着大好年华多汲取知识的营养，丰富我们的身心，为以后的成长奠定基础。

不必埋怨自己天分不好，因为任何一点点的进步都凝聚着我们辛勤的汗水。好好珍惜现在的学习机会，扎扎实实地学好每一门课，这才是人生最理智的选择。

刻苦求知的大学士

　　明朝著名散文家、学者宋濂自幼好学，不仅学识渊博，而且写得一手好文章，被明太祖朱元璋赞誉为"开国文臣之首"。

　　宋濂小时候特别喜欢看书，但因为家里贫穷，没有钱买书来读，他只好每天向有藏书的人家借，把书抄录下来，到期时归还给人家。天气寒冷的时候，墨汁都结成了冰，握笔的手指也冻僵了，但他依然忘我地抄写着。抄完之后，再跑着去送还，以免误期。因为他守约，所以人们都愿意把书借给他。这样，他才能够读到不少书籍。

　　20 岁后，宋濂很羡慕古代的圣贤，但没有老师教诲，也没有知名人士与他交流。为了学习圣贤之道，他只能拿着儒家经籍去百里外求教。到名人那里求教，名人的脸色并不宽和。遇到名人发脾气时，宋濂就露出恭敬的脸色，不敢顶撞半句，等到名人高兴起来了，再请教别的问题。

　　跟随老师学习的那段时间，宋濂常常要背着书籍，拖着鞋子，经过深山大谷，凛冽的寒风把皮肤都吹裂了，数尺深的大雪

有时连脚都拔不出来。回到家里，他的四肢僵硬到不能动弹，家人就用热水帮他慢慢擦洗，并用被子裹住他，身上很久才能暖和过来。

当时住在客栈里，一天只吃两餐，根本没有鲜肥美味可以享受。同住的学子有的被子上都有刺绣，又戴着珠宝、红绸带装饰的帽子，腰间挂着白玉环、佩刀、香袋，光彩夺目。而宋濂的衣服仅仅能遮体，但他毫不羡慕这些豪华的装饰。

宋濂遇到不明白的地方总要刨根问底。有一次，他为了搞清楚一个问题，冒雪行走数十里，去请教已经不收学生的梦吉老师，但老师并不在家。宋濂并不气馁，而是在几天后再次拜访老师，但老师并没有接见他。因为天冷，宋濂和同伴都被冻得够呛，宋濂的脚趾都被冻伤了。当宋濂第三次独自拜访的时候，掉入了雪坑中，幸好被人救起。当宋濂几乎晕倒在老师家门口的时候，老师被他的诚心所感动，耐心解答了宋濂提出的问题。

知识加油站

宋濂（1310—1381）字景濂，号潜溪，元末明初文学家，曾被明太祖朱元璋誉为"开国文臣之首"，学者称太史公。著有《宋学士文集》，著作以传记小品和记叙性散文为代表。

智慧亮点

学问之中自有它令人感到快乐和满足的地方，当我们发现了学习的乐趣，我们离成功也就不远了。学习的最高境界即是：学而不倦，乐而忘忧。

学习如同爬山，登过山的人都有这样的感觉，下山容易上山难。在学习上我们若想取得进步，就需要付出比别人更多的努力才行。如果偷懒，学习成绩马上就下来了。所以说，学习来不得半点虚假，唯有勤奋，才是开启知识大门的金钥匙。

居里夫人的"奖章"

　　居里夫人出生的年代动乱不堪，当时的波兰正值俄国统治之下。她的父母都是教师，失业后承包了学生食堂，年幼的居里夫人也要协助做饭，在压迫中降生，在铁蹄下长大的小玛丽不明白为什么波兰的孩子不准学波兰话，不准看波兰书，还要在沙俄监察员的监视下学习。父亲和哥哥告诉她："压迫会产生反抗"、"知识就是力量"，唤起她追求知识和提高学习成绩的强烈愿望。从此，小玛丽的心窝里就埋下了对祖国热爱、对侵略者憎恨的感情。为祖国解放而学习的念头，在她脑海里翻腾着。中学毕业后，她当了家庭教师。她渴求知识的愿望从未改变，但带着殖民枷锁和封建镣铐的波兰，大学是不收女生的。她梦想去巴黎学习物理和化学、姐姐幻想到巴黎学医，她们一点一滴地积蓄着去巴黎求学的费用。最后姐姐先到巴黎去，她留在波兰挣钱供姐姐上学。

　　玛丽不仅刻苦自学，而且不辞辛苦地到波兰农村给孩子们讲授科学知识，到工厂女工中传播波兰文化，而这样做是随时都有可能被密探们发现，被沙俄监察员抓走的。可是玛丽的心目中只有一个念头：为被压迫的祖国服务，为祖国的解放而学。正像她给自己一位童年时代的朋友的信中所说："我用尽了力量来应付这一切，再接再厉……我有一个最高原则：不管是对人或者对事，都决不屈服！"五年后，姐姐获得了博士学位，玛丽来到巴黎索尔本学院求学。她穿着破旧的衣服，住着简陋的小屋，用面包和茶水充饥。大学的图书馆深深地吸引着玛丽。

　　有一次，玛丽竟忘了吃饭晕倒在图书馆。她像块贪婪的海绵，拼命

地吸吮着知识的乳汁。忘记吃饭，对于玛丽来说已经是司空见惯的事了。每晚离开图书馆回到自己的小屋里，她都在煤油灯下继续用功，一直学习到后半夜两点钟。当她躺在床上休息的时候，又被冻得不得不爬起来，把自己所有的衣服一件一件地全部穿上，再重新躺下。艰苦的生活，刻苦的学习，使得这位年轻的姑娘面色苍白、容颜憔悴。在索尔本学院的学位考试中，玛丽以优异的成绩获得了物理学硕士第一名。

居里夫人一生获得 17 枚奖章，名誉头衔 107 个。对此，她并没有沉醉在已经取得的成绩之中。一天，一位女友到居里夫人家作客，她惊异地发现居里夫人的小女儿在房间里玩一枚奖章，仔细一看，竟是英国皇家学会刚刚颁发的金质奖章。这位朋友不由大吃一惊，忙问："现在能得到一枚英国皇家学院的奖章，这是极高的荣誉，你怎么能给孩子玩呢？"居里夫人笑笑说："我是让孩子们从小就知道，荣誉就像玩具，只能玩玩而已，绝不能永远守着它，否则将一事无成。"

知识加油站

玛丽·居里（1867—1934）即是居里夫人，生于波兰华沙市，著名科学家，因发现镭和钋两种天然放射性元素，她被称为"镭的母亲"。她一生两度获诺贝尔奖。

智慧亮点

面对荣誉与成绩，居里夫人淡然处之，已经成为世界科学史上的佳话。爱因斯坦曾这样评价她："在所有著名人物中，居里夫人是唯一不为荣誉所颠倒的人。"我们也应该学习居里夫人，正确对待学习上取得的成绩和荣誉，谦虚谨慎，永不满足。这样以后才可能有更大的飞跃。骄傲常常让人止步不前，荣誉容易使人陶醉而自满自足起来。有时态度决定一切，戒骄戒躁的学习态度是我们需要培养的。

第 五 章

持之以恒才会结出丰硕的果实

我国古代思想家、教育家荀子说："锲而舍之，朽木不折；锲而不舍，金石可镂。"这句话的意思是，不能坚持到底，即使是朽木也不能折断；只要坚持不停地用刀刻，就算是金属玉石也可以雕出花饰。学习的确需要这种坚持不懈的精神。俗话说："一分耕耘，一分收获"，只有辛勤地付出，才会有丰硕的收获。学习不是一朝一夕，更不是一蹴而就的，"三天打鱼，两天晒网"，是不会取得好成绩的。只有持之以恒，才能让你显露出才气。

你总有胜过别人的地方

上大学的时候，益川敏英遇到了一件令他非常头痛的事情，他的英语成绩是全年级最差的。他做梦都想到英国剑桥大学去读书，想成为像诺贝尔那样享誉世界的物理学家。但"英语"成了他的拦路虎。面对如此差的英语，他费了很大力气，想尽一切办法想要提高，可是不管他怎么努力，英语成绩就是无法提高上去。

益川敏英跑去问自己最信任的物理教授："英语不好，是不是真的就如很多教授所说的那样，一生都不会有多大的成就。"教授想了好一会儿，说："很大的可能。因为英语不好，就无法到外面去和别人进行学术交流；英语不好，有许多新知识你就无法一下子领会到；英语不好……"教授的话还没有讲完，他就伤心地跑了出去。

看来自己这辈子都成不了有成就的物理学家，更不可能像诺贝尔那样享誉全球，益川敏英越想越觉得自己前途黯淡。于是他走进一家酒馆准备借酒消愁。进去以后，他对酒店老板大喊："上酒！"不一会儿，一只猴子拿着一瓶酒和一个杯子飞快地跑到他面前摆好，然后又飞快地去拿盘子和碟子。

看到这个情景，益川敏英十分惊诧。他看着这只穿着格子衬衣的猴子侍应生，它在酒店中麻利地穿梭，手脚并用。他忽然想知道老板是怎么把猴子训练成功的。

酒店老板对他说："人也好，动物也好，它总有一项功能是胜过别人的，只要你找到了优于别人的地方，并持之以恒地挖掘它，训练它，不要说猴子会当侍应生，欧洲的猪不是也能排雷了吗？"

听完酒店老板的话，益川敏英忽然间觉得英语学得好坏对自己不是那么重要了，重要的是自己要把物理学学好。大学毕业以后，益川敏英留在了名古屋大学进行物理学研究，后来到了京都产业大学，期间他认识了自己的合作者小林诚。在一次洗澡的时候，他突然想到"六元模型"。凭着"六元模型"实验的成功，益川敏英和小林诚一起获得了2008年的诺贝尔物理学奖。

2008年12月举办的诺贝尔奖颁奖晚会，是益川敏英的第一次国外旅行。在这之前，所有的外国学术会议，益川敏英都以自己英语不好无法进行英语演讲而拒绝了。现在看来，英语不好对于益川敏英来说又有什么关系，只要他找到了自己胜过别人的地方并加以持之以恒的努力，最后就一定能够成为享誉世界的物理学家。

知识加油站

益川敏英是日本著名理论物理学家，专业是量子论。以提出小林-益川模型而闻名于世，也因此项贡献与小林诚及南部阳一郎共同获得2008年的诺贝尔物理学奖。

智慧亮点

每个人总有地方是胜于别人的，相信自己在某些方面一定存在优势。只要找到自己胜于别人的地方，并且努力坚持下去，让优势成为成功的砝码，成功早晚会属于我们。

每个人都有不同的智能组合，每个人都有自己所擅长的地方，也有不太擅长的地方。发掘优势和最大的潜能，就可以让优势成为我们今后安身立命的根本所在。一个人只要认清自己的优势与劣势，扬长避短，坚持不懈地努力，就可以成就一个非凡的人生。

在篱笆下读书的牛顿

就像世界上许多其他著名的科学家一样，牛顿少年时代的境遇并不好。小时候牛顿的家境很清贫。在通往成功的道路上，牛顿也曾与困苦的环境作过顽强的斗争。

牛顿出生在英国一个普通农民的家里。在他出生前不久，他的父亲就去世了。母亲在他两岁那年改嫁了。当牛顿14岁的时候，他的继父不幸故去了，母亲回到家乡，牛顿被迫休学回家，帮助母亲种田过日子。母亲想培养他独立谋生，要他经营农产品的买卖。

一个勤奋好学的孩子多么不愿意离开心爱的学校啊！牛顿伤心地哭了几次，但母亲始终没有回心转意，最后小牛顿只得违心地按母亲的意愿去学习经商。

每天一早，他就跟一个老仆人到十几里外的大镇上去做买卖。小牛顿不喜欢经商，他把一切事务都交托老仆人经办，自己却偷偷跑到一个地方去看书。

时光渐渐流逝，牛顿对经商越来越感到厌恶，他心里喜欢的只有读书。后来，牛顿索性不去镇里经商了，仅嘱咐老仆人一个人去。他怕家里人发觉，于是每天与老仆人一同出去，走到半路上停下来，在一个篱笆下读书。每当下午老仆人归来时，再一起回家。

这样，日复一日，篱笆下的读书生活倒也其乐无穷。一天，他正在篱笆下兴致勃勃地读着书，恰巧被过路的舅舅看见。舅舅一看这个情景，很是生气，大声责骂他不务正业，又把牛顿的书抢了去。舅舅一看他所读的书是数学，上面还画着各种记号，深受感动。舅舅一把抱住牛顿，激动地说："孩子，就按你的兴趣和志向发展吧，你的正道应该是读书。"

回到家里后，牛顿的舅舅竭力劝说他的母亲，让牛顿弃商就学。在舅舅的帮助下，牛顿如愿以偿地复学了。

知识加油站

牛顿（1643—1727）是英国著名的数学家、物理学家、天文学家和自然哲学家。牛顿的主要贡献有发明了微积分，发现了万有引力定律和经典力学，设计并实际制造了第一架反射式望远镜等，被誉为人类历史上最伟大、最有影响力的科学家。他的经典名言是：如果说我比别人看得更远些，那是因为我站在巨人的肩膀上。

智慧亮点

很多科学家小时候的生活都过得很贫寒，没有一个像样的学习环境，甚至连温饱都是问题。但他们没有被贫穷的生活吓到，即使环境再恶劣，依然勤奋读书，坚持学习。也许就是这种没有被困境击倒的意志力，帮助他们取得了日后的成功。

篱笆下偷偷读书的牛顿自得其乐，其实学习从来都是一件很快乐的事，"腹有诗书气自华"，当我们从书中吸收了知识的精华，我们会变得谈吐自如，也会变得有气质。

笨头笨脑的小学生

1879 年 3 月 14 日，一个小生命诞生在德国的一个叫乌尔姆的小城。父母给他起了一个听起来很有希望的名字：阿尔伯特·爱因斯坦。

看着孩子那可爱的模样，父母对他寄托了全部期望。然而，没过多久，父母就开始失望了：人家的孩子都开始学说话了，已经三岁的爱因斯坦才开始咿呀学语。后来，爱因斯坦的妹妹，比他小两岁的玛伽也能和邻居交谈自如了，爱因斯坦说起话来却还是支支吾吾，前言不搭后语的。看着举止迟钝的爱因斯坦，父母开始忧虑。他们担心他的智商是否会不及常人。

直到 10 岁时，父母才把他送去上学。可是，在学校里，爱因斯坦受到了老师和同学的嘲笑，大家都称他为"笨家伙"。学校要求学生上下课都按军事口令进行，由于爱因斯坦反应迟钝，经常被教师呵斥、罚站。有的老师甚至指着他的鼻子骂："这鬼东西真笨，什么课程也跟不上！"

一次工艺课上，老师从学生的作品中挑出一张做得很不像样的木凳对大家说："我想，世界上也许不会有比这更糟糕的凳子了！"在哄堂大笑中，爱因斯坦红着脸站起来说："我想，这种凳子是有的！"说着，他从课桌里拿出两个更不像样的凳子，说："这是我前两次做的，交给您的是第三次做的，虽然还不行，却比这两个强得多！"一口气讲了这么多话，爱因斯坦自己也感到吃惊。老师更是目瞪口呆，坐在那里不知说什么好。

在讥讽和侮辱中，爱因斯坦慢慢地长大了。后来他升入了慕尼黑的卢伊特波尔德中学。在中学里，他喜欢上了数学课，却对其余那些脱离实际和生活的课不感兴趣。孤独的他开始在书籍中寻找寄托和精神力量。书籍和知识为他开拓了一个广阔的空间。视野开阔了，爱因斯坦头脑里思考的问题也更多了。

1895年秋天，经过深思熟虑，爱因斯坦决定报考瑞士苏黎世大学。可是，他失败了，他的外文不及格。落榜后的他没有气馁，参加了中学补习。一年以后，他获得了中学补习合格证书，并且考入了苏黎世综合工业大学。这时的他，已经在为自己的未来做准备了。

爱因斯坦大学毕业时，正赶上经济危机爆发，由于他是犹太人血统，既没有关系，又没有钱，所以只好失业在家。为了生活，他到处张贴广告，靠讲授物理获得每小时3法郎的生活费。这段失业的时间，给了爱因斯坦很大的帮助。在授课过程中，他对传统物理学进行了反思，促成了他对传统学术观点的猛烈冲击。经过高度紧张兴奋的五个星期的奋斗，爱因斯坦写出了九千字的论文《论动体的电动力学》，狭义相对论由此产生。可以说，这是物理学史上的一次决定性的、伟大的宣言，是物理学向前迈进的又一里程碑。

阿尔伯特·爱因斯坦，这个当年被老师认为"干什么都不会有作为"的笨学生，经过艰苦的努力，成为现代物理学的创始人和奠基人，成为现代最杰出的物理学家。

知识加油站

阿尔伯特·爱因斯坦（1879—1955）是美籍犹太裔理论物理学家、相对论的创立者，现代物理学的开创者、集大成者和奠基人，同时也是一位著名的思想家和哲学家。1921年获诺贝尔物理学奖。

智慧亮点

爱因斯坦成功的秘诀是什么，他曾写下这样一个公式：$A = x+y+z$，其中 A 表示成功，x 表示勤奋，y 表示正确的方法，而 z 则表示务必少说空话。多少年来，这个神奇的成功等式一直被人们传颂着。

从故事中我们不难看出，正是勤奋、正确的方法和少说空话使爱因斯坦由笨头笨脑变成了科学巨人。一个人不聪明并不可怕，可怕的是他自己先否定了自己。只要我们肯为目标付出努力，并配合正确的方法，就一定会得到成功女神的青睐。

柳公权发奋练字

　　柳公权是我国古代著名的大书法家。他的字写得清峻挺拔，为后世学者钦敬临习。他为什么能取得如此伟大的成就呢？下面的小故事会给我们每个人启迪。

　　有一天，柳公权和几个小伙伴举行"书会"。这时，一个卖豆腐的老人看到他写的几个字"会写飞凤家，敢在人前夸"，觉得这孩子太骄傲了，便皱皱眉头，说："这字写得并不好，好像我的豆腐一样，软塌塌的，没筋没骨，还值得在人面前夸吗？"小公权一听，很不高兴地说："有本事，你写几个字让我看看。"

　　老人爽朗地笑了笑，说："不敢，不敢，我是一个粗人，字写不好。可是，人家有人用脚都写得比你好得多呢！不信，你到华京城看看去吧。"

第二天，小公权起了个五更，独自去了华京城。一进华京城，他就看见一棵大槐树下围了许多人。他挤进人群，只见一个没有双臂的黑瘦老头赤着双脚，坐在地上，左脚压纸，右脚夹笔，正在挥洒自如地写对联，笔下的字迹似群马奔腾、龙飞凤舞，博得围观的人们阵阵喝彩。

小公权"扑通"一声跪在老人面前，说："我愿意拜您为师，请您告诉我写字的秘诀吧！"老人慌忙用脚拉起小公权说："我是个孤苦的人，生来没手，只得靠脚巧混生活，怎么能为人师表呢？"小公权苦苦哀求，老人才在地上铺了一张纸，用右脚写了几个字：

"写尽八缸水，砚染涝池黑；博取百家长，始得龙凤飞。"

柳公权把老人的话牢记在心，从此发奋练字。他的手上磨起了厚厚的茧子，衣肘补了一层又一层。经过苦练，柳公权终于成为我国古代著名的书法家。

知识加油站

柳公权（公元778—公元865）是唐代著名书法家，以楷书著称，与颜真卿齐名，后世以"颜柳"并称，成为历代书艺的楷模。主要作品有《金刚经刻石》《玄秘塔碑》，另有墨迹《蒙诏帖》等。

智慧亮点

柳公权从老人那里得到的写字秘诀，即是发奋练字，终于练得一手好字，成为古代有名的书法家。所以说，学问不是上天恩赐的，而是靠我们平时一点一滴积累起来的。

在学习上我们要保持谦虚的态度，因为知识是无止境的，学得一些凤毛麟角，没有什么可吹嘘的，真正有学问的人很谦和，那些整天吹嘘卖弄自己学问的人，反而没有什么真本事。勤奋和谦虚是帮助学习提升的两大翅膀，缺一不可。

才气就是坚持不懈

　　莫泊桑 13 岁那年，考入了里昂中学。他的老师布耶是当时著名的巴那斯派诗人。布耶发现莫泊桑颇有文学才能，就把他介绍给了福楼拜。

　　福楼拜是世界闻名的作家，当时在法国享有极高的声誉。他看了看莫泊桑的作品，冷冷地说："孩子，我不知道你有没有才气。在你带给我的东西里表明你有某些聪明的地方，但是，你永远不要忘记，照布封（法国作家）的说法，才气就是坚持不懈，你得好好努力呀！"

　　莫泊桑点点头，把福楼拜的话牢牢地记在心里。

　　福楼拜想要考考莫泊桑的观察能力和语言功底。一天，他带着莫泊桑去看一家杂货铺，回来后要莫泊桑写一篇文章，要求所写的货商必须是杂货铺的那个货商，所写的货物只能用一个名词来称呼，只能用一个动词来表达，只能用一个形容词来描绘，并且所用的词，应该是别人没有用过甚至是还没有被人发现的。

　　多苛刻的要求啊！但莫泊桑理解福楼拜的良苦用心，他写了改，改了写，反反复复，努力朝福楼拜提出的要求奋斗着。

　　在福楼拜的严格要求下，莫泊桑的学业进步飞快。后来，他开始写剧本和小说，写完就请福楼拜指点。不过福楼拜总是指出一大堆缺点。修改后莫泊桑要寄出去发表，但福楼拜总是不同意，并且告诉他，不成熟的作品不要在刊物上发表。

　　刚开始，莫泊桑唯命是从，福楼拜不点头，他就把文稿扔在柜子里。慢慢地，文稿堆起来竟有一人多高了，莫泊桑开始怀疑，福楼拜是不是在有意压制自己。

一天，莫泊桑闷闷不乐，到果园去散心。他走到一棵小苹果树跟前，只见树上结满了果子，嫩嫩的枝条被压得贴着了地面，再看看两旁的大苹果树，树上虽然也果实累累，但枝条却硬朗朗地支撑着。这给了他一个启示：一个人，在"枝干"未硬朗之前，不宜过早地让他"开花结果"，"根深叶茂"之后，是不愁结不出来丰硕的"果实"的。从此，他更加虚心地向福楼拜学习，决心使自己"根深叶茂"起来。

1880 年，莫泊桑已经到"而立"之年了。一天，他拿着小说《羊脂球》向福楼拜请教。福楼拜看后拍案叫绝，要他立即寄给刊物发表。果然，《羊脂球》一面世，立即轰动了法国文坛，莫泊桑顿时成为法国文学界的新闻人物，同时，他也登上了世界文坛。

知识加油站

莫泊桑（1850—1893）是 19 世纪后半期法国优秀的批判现实主义作家，与契诃夫、欧·亨利并列世界三大短篇小说巨匠，被誉为"短篇小说之王"。代表作有《羊脂球》《漂亮朋友》《项链》等。

智慧亮点

在学习上，任何的努力都不可能是白白浪费掉的。有时候一时的付出虽然收效甚微，但经过长时间的坚持不懈，我们会发现自己在那些拦路虎面前越来越强大。世界上从来没有真正意义上的天才，成就"天才"们那些非凡能力和杰出成就的，是不为常人所知的辛勤汗水和百折不挠的毅力。坚持不懈才是成功最佳的路径。只要我们勇于用坚持的毅力去磨砺自己，我们也可以成为"天才"。

竭尽所能就可以做到任何事

　　小盖茨在学校里学习出众，这是被众人所公认的，而且他的记忆力尤其令人吃惊。他的英文老师安妮·史蒂芬斯对小盖茨的记忆力印象比较深刻。在学校的一次戏剧演出《黑色喜剧》中，小盖茨出人意料地竟将一段长达三页的独白背诵出来，而且完整无误，令许多同学羡慕不已。他的学科老师回忆道，每当教师讲课中出现由于犹豫而吞吞吐吐的情况时，盖茨往往似乎要脱口而出地说："这就是……"

　　还有更令人吃惊的事，小盖茨 11 岁那年，参加了一次背诵大赛。

　　小盖茨小时候上的是公理会的教会学校，参加过唱诗班和童子军。尽管他对宗教之类的《圣经》并不太感兴趣，但也读过一些。那一次，西雅图大学社区公理会教堂德高望重的牧师戴尔·泰勒，向盖茨所在的班级宣布："谁要是背诵出《马太福音》5 ~ 7 章的全部内容，就会被他邀请去西雅图的'太空针'高塔餐厅参加免费聚餐会。"

　　"太空针"高塔高 153.3 米，登上"太空针"高塔餐厅可以看到所有西雅图的头面人物，因此可以说，该餐厅是西雅图最高级、最体面的地方。

　　不过，要获得与泰勒牧师在这家餐厅共进晚餐的机会并非易事，因为"世上没有白吃的午餐"。在几十年教书生涯中，戴尔·泰勒形成了一个惯例：每年都要求他的学生背诵这几个章节。说实话，这几个章节既长又松，连贯性不强，还很拗口。据牧师说，他至今还没有遇见一个学生能够一字不漏地完整背下来。但是，盖茨却做到了。

　　小盖茨信心十足、抑扬顿挫地背了起来："……耶稣看见这么多人，

就坐下，门徒到他面前来，他就开始教导他们，说：'虚心的人有福了！因为天国是他们的。哀恸的人有福了！因为他必得安慰。温和的人有福了！因为他们承受土地。饥渴的人有福了！因为他们必得饱足。怜恤的人有福了！因为他们心蒙怜恤。清新的人有福了！因为他们必得见神……'

接着他又一口气背下去：

"耶稣讲了这些话，众人都稀奇他的教导；因为他教导他们，正像一个有权柄的人，不像他们的……"

一口气，朗朗有声，没有一个错误，没有一处卡壳。

11 岁的孩子竟然有如此惊人的记忆力，实在令人震惊！泰勒后来回忆说："只有那天到了他家，才知道他具有一种特殊的才能，是一个

与众不同的孩子。我无法想象他竟有如此高的天赋。他喜欢接受挑战。尽管'太空针'高塔的聚会极富诱惑力，但是大多接受挑战的孩子并没有为此做出艰辛努力，只有比尔·盖茨做到了。"

牧师随后就这段文字向小盖茨提了几个问题，都得到了比较令人满意的回答。牧师当时不禁问小盖茨他是怎么背下这么长的文字的。

小盖茨不假思索地回答："只要我竭尽全力，我就能做成任何我愿意做的事情！"

是狂妄还是自信，以后的事实给了人们明确的回答。在高大的"太空针"高塔豪华旋转餐厅里，小盖茨与其他勉强背完这几个章节的获胜者一道同泰勒牧师共进晚餐。他非常高兴，因为这似乎是他获得的第一个大胜利。当小盖茨第一次居高临下地俯视着西雅图充满神秘的夜景时，对未来不禁充满了成功的憧憬，心潮也不由地澎湃起来。

知识加油站

比尔·盖茨生于 1955 年，是微软公司创始人。13 岁开始编程，31 岁成为世界首富，连续 13 年居全球富豪排行榜榜首。2008 年卸任微软董事长，专心从事慈善事业。

智慧亮点

人生的美丽有时候就源于我们的自信。自信的人对学习充满热情，总是竭尽全力地去做好每一件事，不担心遇到困难，不害怕遭遇失败。凡是相信自己，并且坚信自己能做成某件事的人，一定会跨过一切障碍。

治学严谨的竺可桢

竺可桢是我国著名的气象学家，他出生在浙江绍兴东关镇。小名叫阿熊。镇上的私塾先生为他起了个大名叫可桢，意思是让他做一个坚实的柱子，成为国家的栋梁。

小可桢1岁半，父亲就开始教他认字。有一天，父亲外出，走前对竺可桢说："可桢，今天不教你认字了，放你一天假。"正在母亲怀里吃奶的小可桢，硬要父亲教他认几个字再走。竺可桢3岁时，已经认识了不少字，而且会背诵好多唐诗。

竺可桢5岁进了学堂。学习特别用心，门门功课都是成绩优良。他的哥哥是乡里的秀才，平时经常指导竺可桢写字做文章。有一次，哥哥教他学造句，一直到天亮，鸡叫了他才肯回房睡觉。

竺可桢小时候身体瘦弱矮小，有同学嘲讽他："好一个寒酸小矮子，准活不过20岁。"这话刺痛了竺可桢，他发誓要锻炼身体，连夜制订了锻炼计划。从此每天早晨鸡一叫他就起床跑步、做操。这样坚持了一段时间，他的体质明显增强。同学们再也不喊他"小矮子"了。

小学毕业后，竺可桢进入上海澄衷学堂。1909年，考入唐山路矿学堂。这个学堂的老师都是英国人，从教材到上课全是英文，不准说中国话。英国老师叫学生，不喊名字，只喊编号，根本不把中国人当人看待，竺可桢气愤万分。他深深感到，中国不富强，就会被人欺侮，于是发奋读书，加倍用功，发誓要为中国人争气。

1910年，竺可桢公费到美国留学，他在伊利诺伊大学农学院学习农业。后来，他发现农业跟气象关系很密切。1913年夏天，他从农学院毕业后，考上哈佛大学研究院的地学系，攻读气象学。1918 年，竺可桢获得哈佛大学的博士学位。

知识加油站

　　竺可桢（1890—1974）是我国著名的科学家、教育家。他在气象、物候、地理、自然科学方面都有卓越成就。代表作《物候学》既是一部研究物候的专著，也是一本科普读物。

智慧亮点

　　无论做什么事，只要有恒心，一定会取得成功。一旦发现自己的不足，我们要加倍努力迎头赶上，只要自己不把自己看轻，别人不敢看轻我们。

　　没有谁是天生的弱者，更没有谁的尊严可以随意践踏。只有不断用知识武装头脑，增长智慧，个人才能变得强大起来，国家才能真正地强大和富足。很多时候，个人命运与祖国命运紧紧连在一起。作为个人，我们首先要做最出色的自己。

真才子袁枚

袁枚幼年时家境贫困，但他天资聪颖，又嗜书如命，勤奋好学，因此进步很快。少年袁枚买不起书读，就借书看，或者到书店去站着看书。他往往是一手翻书，一手执笔，不论严寒酷暑从不间断地摘录，摘录好后，他就分门别类地进行整理，这样积累一多，写诗、作文、议论就可以顺手拈来，左右逢源了。

9岁以前，袁枚除了读"四书"、"五经"外，对唐诗宋词还一无所知，弄不清什么叫诗。9岁那年，他偶然从别人家里借了几本《古诗选》，这本书引发了他对诗歌的极大兴趣，他吟咏、抄写、背诵，很快就熟悉了历代诗歌的发展与特点，天天模仿着写诗，居然写得清新流畅。

一天，袁枚随着大人们游览杭州吴山，拾级而上，站在山顶鸟瞰。杭州城里千家万户尽在脚下，山腰云雾缭绕，云蒸霞蔚。大人们有的捋髭，有的赞叹，有的感喟"眼前有景道不得"，有的只能连声赞美"好景好景！"这美景触发了袁枚心中的灵感，他当即吟了一首五言诗，其中两句说道："眼前两三级，足下万千家。"大人们都非常惊异于袁枚的诗才，说这首诗想象力丰富、亲切自然。晚年，已是老态龙钟的袁枚重游吴山，回忆9岁时写的这首诗，仍很感慨地说道："童语终是真语啊！"

袁枚12岁那年考中秀才，在家乡一带被誉为"神童"，但他出身贫微，影响了他的进一步深造和发展。父亲为了儿子的前途，托人带袁枚到广西桂林袁鸿处继续深造。有一天，广西巡抚见袁枚相貌不凡，想试试他的才学，让他以"铜鼓"为题写一篇赋，"铜鼓"是广西边境的一个地名，当时正值越南大肆入侵，才华横溢的袁枚略加思索，挥笔立就。巡抚一看满纸金玉，文采飞扬，极为赞赏，力荐他参加"博学鸿词科"考试。这次考试，生员一共193人，只录取15名。袁枚虽然名落孙山，但是由于他年纪最小，所以顿时名满京城。3年后，他考取了进士。

袁枚曾任过几年县令，中年以后辞官，专心从事诗文创作。著有《小仓山房诗文集》《随园诗话》等。同代诗人赵翼读了袁枚诗集后写诗称赞道：

八扇天门迭荡开，行间字字走风雷。

才子果是真才子，我要分他一斗来。

知识加油站

袁枚（1716—1798）是清代诗人、散文家。乾嘉时期代表诗人之一。在当时的诗坛上被赞誉为"奇才""真才子"，并被公认为诗坛领袖。著有《小仓山房诗文集》《随园诗话》。笔记小说《子不语》与纪晓岚《阅微草堂笔记》齐名。著作《随园食单》是清朝一部系统地论述烹饪技术和南北菜点的重要著作。

智慧亮点

一个人的天资无论如何突出，对于漫漫求学之路来说是远远不够的。因为天资聪明有消失的那一天，人不能总是不加努力地依靠上天的赐予活着。

大多数伟人在成名的路上，流的不是汗水而是鲜血，他们的名字不是用笔，而是用生命写成的。我们尚处于学习的初始阶段，并不能抱着敷衍的心态对待学习，而是要认真、踏踏实实地完成学习这个使命，用生命谱写人生最精彩的华章。

卡门不去表演

翻开人类航天史，美国科学家冯·卡门的名字赫然醒目。20 世纪科学技术得到了迅猛发展，然而像冯·卡门那样在航天技术中独领风骚的人物则凤毛麟角，几近绝迹。

卡门 6 岁的时候，他的家庭曾发生过一次举足轻重的争论。

那是一个安静的晚上，卡门和哥哥正在做着数学题。哥哥想考考弟弟的本事，随口问道："15 × 15 等于多少？"话音刚落，卡门就已回答出来了："15 × 15 等于 225 嘛！这题目太简单了。"

"好，再给你出一个。"哥哥提起笔来，敲了敲脑袋，又出了一道："924 × 826 ＝？"没想到卡门又很快地心算出来："763224！"

这一下，卡门的哥哥惊叫起来。坐在一旁的妈妈也为之激动："卡门真是个神童！"

正在埋头写作的爸爸听到惊叫声，急忙放下手中的笔，问道："出了什么事啦？"

卡门的哥哥一五一十地把刚才的事情告诉了爸爸。爸爸不相信，便亲自出了一道更复杂的数学题 18876 × 18876，叫卡门心算。卡门略加思索了一下，便回答说："356303376。"

爸爸提笔验算了几遍，答数完全正确。他兴奋地拍了一下桌子："真不可思议！"

卡门的聪明机敏，使全家轰动起来。哥哥提议，让卡门去登台表演，由观众出题，卡门答题，这样可以名利双收。妈妈立刻表示同意。爸爸的态度却截然不同："荒唐！荒唐！你们想毁了卡门吗？"他拉过卡门，认真而和蔼地说："好孩子，你应该去学习，决不要表演。这种表演只能是浪费时间。"

"爸爸，我听你的，一定好好学习。"卡门点了点头。

"好孩子，你确实才智过人，但是，'天才'只有和严格的训练结合在一起才能开花结果。"接着，爸爸又对妻子和大儿子说："卡门只能去接受系统的数学学习，因为真正的数学必须靠冷静的头脑，靠精确的数学语言去一步步地演算，必须做到万无一失，而不是靠心算，更不能去登台表演。"

一场家庭争论就这样结束了。从此，卡门十分注重扎扎实实地学习各科知识，终于在航天技术等方面做出了贡献，被后人誉为"航空航天时代的科学奇才"。

知识加油站

西尔多·冯·卡门（1881—1963）是匈牙利犹太人。航空和航天领域最杰出的一位元老，漫长的科学生涯颇具传奇色彩，被誉为"航空航天时代的科学奇才"。他曾是我国著名科学家钱伟长、钱学森、郭永怀的老师，培育出大批杰出的人才，称之为"卡门科班"。

智慧亮点

一位名人曾说，成功依靠的是99%的汗水加1%的天才。一个人能否取得成功，天赋的才能所占的比例极少，我们要知道，成功依赖于后天的毅力和努力。

一个人如果没有坚强的毅力，那么他将一事无成。在我们成才之前，需要系统地吸收知识，对大脑进行严格的训练。真正的学问都是后天一点一滴积累而来的。如果有一点天赋就去夸夸其谈，只去卖弄不做任何努力，那无异于自毁前程。

从杂乱的资料中寻找规律

伊万诺维奇·门捷列夫的父亲是中学校长。门捷列夫小的时候，兄弟姊妹共有 11 个，家里孩子太多，他的父亲就想出一条妙计，让每个孩子都制定一个简单的学习时间表，然后依照他们自己制定的时间表监督孩子的学习情况，每每孩子完成作业和预习之后，老父亲就会满面笑容地同孩子们一同游戏。

门捷列夫 13 岁时，父亲不幸去世。由于家庭负担的沉重，母亲为了生计而奔波，根本无暇顾及孩子们的学业了。然而这些孩子个个成绩优秀，因为从小养成了良好的学习习惯，他们都会按时完成自己的功课，一如滴答的钟表依照自己的规律运行一样。

16 岁时，门捷列夫进入圣彼得堡师范学院自然科学教育系学习。毕业后，门捷列夫去德国深造，集中精力研究物理化学。1861 年回国，任圣彼得堡大学教授。

在编写无机化学讲义时，门捷列夫发现这门学科的俄语教材都已陈旧，外文教科书也无法适应新的教学要求，因而迫切需要有一本新的、能够反映当代化学发展水平的无机化学教科书。

这种想法激励着年轻的门捷列夫。当门捷列夫编写有关化学元素及其化合物性质的章节时，他遇到了难题。按照什么次序排列它们的位置呢？当时化学界发现的化学元素已达 63 种。为了寻找元素的科学分类方法，他不得不研究有关元素之间的内在联系。

研究某一学科的历史，是把握该学科发展进程的最好方法。门捷列夫深刻地了解这一点，他迈进了圣彼得堡大学的图书馆，在数不尽的卷帙（zhì）中逐一整理以往人们研究化学元素分类的原始资料。

门捷列夫抓住了化学家研究元素分类的历史脉络，夜以继日地分析思考，简直着了迷。夜深人静，圣彼得堡大学主楼左侧的门捷列夫的居室仍然亮着灯光，仆人为了安全起见，推开了门捷列夫书房的门。

"安东！"门捷列夫站起来对仆人说："到实验室去找几张厚纸，把筐也一起拿来。"

安东是门捷列夫教授家的忠实仆人。他走出房门，莫名其妙地耸耸肩膀，很快就拿来一卷厚纸。"帮我把它剪开。"

门捷列夫一边吩咐仆人，一边动手在厚纸上画出格子。

"所有的卡片都要像这个格子一样大小。开始剪吧，我要在上面写字。"

门捷列夫不知疲倦地工作着。他在每一张卡片上都写上了元素名称、原子量、化合物的化学式和主要性质。筐里逐渐装满了卡片。门捷列夫把它们分成几类，然后摆放在一个宽大的实验台上。接下来的日子，门捷列夫把元素卡片进行系统地整理。门捷列夫的家人看到一向珍惜时间的教授突然热衷于"纸牌"感到奇怪。门捷列夫旁若无人，每天手拿元素卡片像玩纸牌那样，收起、摆开，再收起、再摆开，皱着眉头地玩"牌"。

冬去春来。门捷列夫没有在杂乱无章的元素卡片中找到内在的规律。有一天，他又坐到桌前摆弄起"纸牌"来了，摆着，摆着，门捷列夫像触电似的站了起来，在他面前出现了完全没有料到的现象，每一行元素的性质都是按照原子量的增大而从上到下地逐渐变化着。门捷列夫激动得双手不断颤抖着。"这就是说，元素的性质与它们的原子量呈周期性有关系。"门捷列夫兴奋地在室内踱着步子，然后，迅速地抓起记事簿在上面写道："根据元素原子量及其化学性质的近似性试排元素表。"

1869年2月底，门捷列夫终于在化学元素符号的排列中，发现了元素具有周期性变化的规律。同年，德国化学家迈尔根据元素的物理性

质及其他性质，也制出了一个元素周期表。到了 1869 年底，门捷列夫已经积累了关于元素化学组成和性质的足够材料。

知识加油站

　　门捷列夫（1834—1907）是俄国化学家，曾任圣彼得堡理工学院、圣彼得堡大学教授，度量衡局局长，自然科学基本定律"化学元素周期律"的发现者之一，并据此预言了一些尚未发现的元素。

智慧亮点

　　门捷列夫说过一句经典的学习格言：天才就是这样，终身努力，便成天才。没有人生来就是天才，他本人发现元素周期表，就是不断进取、勇于探索的结果。为了实现我们的梦想，养成良好的学习习惯至关重要。习惯影响和塑造行为，好的学习习惯可以让我们自然而然地投入到学习中，形成对学习认真和负责的态度。养成良好的学习习惯终身受益，我们应该从小开始培养。

鲁迅刻 "早" 字

鲁迅出生在浙江绍兴城内都昌坊口一个破落的士大夫家庭。他自幼聪颖勤奋，12 岁时到三味书屋跟随寿镜吾老师学习。在那里，他攻读诗书近五年。

鲁迅 13 岁时，他的祖父因科场案被逮捕入狱，父亲长期患病，家里越来越穷，他经常到当铺卖掉家里值钱的东西，然后再去药店给父亲买药。有一次，父亲病重，鲁迅一大早就去当铺和药店，回来时老师已经开始上课了。老师看到他迟到了，就生气地说："十几岁的学生，还睡懒觉，上课迟到。下次再迟到就别来了。"

鲁迅听了，点点头，低着头默默回到自己的座位上。他没有为自己作任何辩解。

第二天，他早早来到学校，在书桌右上角用刀刻了一个 "早" 字，心里暗暗地许下诺言：以后一定要早起，不能再迟到了。

以后的日子里，父亲的病更重了，鲁迅更频繁地到当铺去卖东西，然后到药店去买药，家里很多家务活儿都落在了鲁迅的肩上。他每天天不亮就早早起床，料理好家里的事情，然后再到当铺和药店，之后又急急忙忙地跑到私塾去上课。虽然家里的负担很重，可是他再也没有迟到过。

在那些艰苦的日子里，每当他气喘吁吁地准时跑进私塾，看到课桌上的 "早" 字，他都会觉得开心，心想："我又一次战胜了困难，又一次实现了自己的诺言。我一定加倍努力，做一个信守诺言的人。"

后来父亲去世了，鲁迅继续在三味书屋读书。私塾里的寿镜吾老

师，是一位严肃、质朴和博学的人。老师的为人和治学精神，那个曾经为鲁迅留下深刻记忆的三味书屋和那个刻着"早"字的课桌，一直激励着鲁迅在人生路上继续前进。

鲁迅17岁时从三味书屋毕业，18岁那年考入免费的江南水师学堂。后来他又公费到日本留学，学习西医。1906 年鲁迅放弃了医学，开始从事文学创作，先后在北京大学、北京师范大学等学校教过课，成为中国新文学运动的倡导者。鲁迅是中国文坛的一代巨人，他的著作全部收入《鲁迅全集》，被译成五十多种文字在世界上广泛地流传。

知识加油站

鲁迅（1881 — 1936）原名周树人，是无产阶级文学家、思想家、革命家，中国文化革命的主将。1918 年鲁迅先生在《新青年》杂志上首次以"鲁迅"为笔名发表了文学史上第一篇白话小说《狂人日记》，奠定了新文化运动的基础，推进了现代文学的发展。

智慧亮点

即使在最困难的时候，鲁迅先生也严格要求自己，坚守不迟到的承诺，积极地面对困难，学习更加努力。可见，懒散是成功的大敌。在学习上要具有严于律己的精神，养成良好的学习习惯。在行动上严格要求自己，就是不无故请假，上课不迟到早退，课堂上专心听讲，课下认真完成作业……等等这些是对学习的最基本要求。只有做到这些，我们才称得上是一名合格的学生

第 六 章

把梦想化作学习的激情和动力

梦想是生命的火种，要想让生命更有意义，让生命更加灿烂，我们需要梦想。每个少年儿童都有自己的梦想，梦想是他们心中神圣的殿堂，他们会为了梦想而进行不懈的努力。梦想是少年儿童学习过程中的动力和催化剂，能够激励他们努力学习，从而取得更好的成绩。学习动力是少年儿童获得知识的源泉，他们每天渴望学习将来所需要的知识和技能，去实现自己的梦想。这样，梦想自然就成了少年儿童学习的动力。

司马迁从小立大志

司马迁幼年是在韩城龙门度过的。龙门在黄河边上，山岳起伏，河流奔腾，风景十分壮丽。这条中华民族的母亲之河滋养了幼年的司马迁。他常常帮助家里耕种庄稼，放牧牛羊，从小就积累了一定的农牧知识，养成了勤劳艰苦的习惯。在父亲的严格要求下，司马迁10岁就开始阅读古代的史书。他一边读一边做摘记，不懂的地方就向父亲请教。在父亲的熏陶下，他从小立志要做一名历史学家。

一天，快吃晚饭了，父亲把司马迁叫到跟前，指着一本书说："孩子，近几个月来，你一直在外面放羊，没功夫学习。我也公务缠身，抽不出时间来教你。现在趁饭还不熟，我教你读书吧。"司马迁看了看那本书，又感激地望了望父亲："父亲，这本书我已经读过了，请你检查一下，看我背得对不对。"说完，他把书从头到尾背诵了一遍。

听完司马迁的背诵，父亲感到非常奇怪。他不相信世界上真有神童，不相信无师自通，也不相信传说中的神人点化。可是，儿子是怎么背会的呢？他百思不得其解。

第二天，司马迁赶着羊群在前面走，父亲在后边偷偷地跟着。羊群翻过村东的小山，过了山下的溪水，来到一片洼地。洼地上水草丰美，绿油油的惹人喜爱。司马迁把羊群赶到草地中央，等羊开始吃草后，他就从怀中掏出一本书来读，那朗朗的读书声不时地在草地上萦绕回荡。看着这一切，父亲全明白了。他高兴地点点头，说："孺子可教！孺子可教！"

由于司马迁格外的勤奋和绝顶的聪颖，少年时代他就读遍了有影响的史书，中国三千年的古代历史在他头脑中有了大致轮廓。后来，他又拜大学者孔安国和董仲舒等人为师。他学习十分认真，遇到疑难问题，总要反复思考，直到弄明白为止。

从 20 岁起，司马迁开始到各地游历，考察历史和风土人情，为他日后编写史书提供了充足的史料。做太史令后，他常有机会随从皇帝在全国巡游，又搜集了大量的历史资料，还了解到统治集团的许多内幕。他还如饥似渴地阅读宫廷收藏的大量书籍，收集了各种重要的史料。就在他写《史记》的时候，由于为李陵说情，触犯了汉武帝，被关入监狱，判处了重刑。司马迁出狱后继续奋笔写作，经过前后 10 年艰苦的努力，终于写成了《史记》。这部巨著，对后世史学与文学都产生了深远的影响。

知识加油站

司马迁是中国西汉时期著名的史学家和文学家。他撰写的《史记》全书 130 篇，52 万余字，包括十二本纪、十表、八书、三十世家和七十列传，对后世的影响极大。该书记载了上自上古传说中的黄帝时代，下至汉武帝元狩元年间共 3000 多年的历史。与后来的《汉书》《后汉书》《三国志》合称"前四史"。

智慧亮点

司马迁的一生可以用这样一句话形容：读万卷书，行万里路。童年开始对古代史书的广泛阅读和背诵，长大以后足迹踏遍全国各地，搜集了充足的史料，这些都为司马迁完成史学巨著《史记》奠定了坚实的基础。

在学习过程中，我们既要知晓和掌握学习的基本原理和概念，也要付诸行动，多做练习，并把学到的东西运用于实际生活中去。只有高谈阔论而没有实践，学习一定是空洞的。从这个意义上说，在学习上我们也要做到知行的统一。

我们要得 110 分

　　林巧稚是我国著名的妇产科专家，她治好的病人不计其数，经她亲手接生的孩子更是成千上万，人们非常尊敬她。然而，谁能想到，100年前，当她刚刚生下来的时候，家里却因她是女孩子，一点儿也不喜欢她。因为是女孩子，林巧稚在青少年时期受到了许多白眼和歧视。有一次，期末考试快到了，同学们都在紧张地复习功课。休息的时候，一个男生冲着林巧稚趾高气扬地嚷道："这次考试肯定很难，我看你们女生能考及格就不简单了！"

　　"女生怎么样？"倔强的林巧稚气火了，一步跨到那个男生面前，理直气壮地说，"男生得 100 分，我们要得 110 分。"

　　为了这句话，林巧稚更加刻苦学习。别人看一遍书，她就看三遍书；别人做一道题，她就做 10 道题；别人 9 点钟睡觉，她却要到深夜 11 点或 12 点钟睡。

　　不久，考试到了。巧稚每门考试都认真地答题，仔仔细细地计算。考试完了，

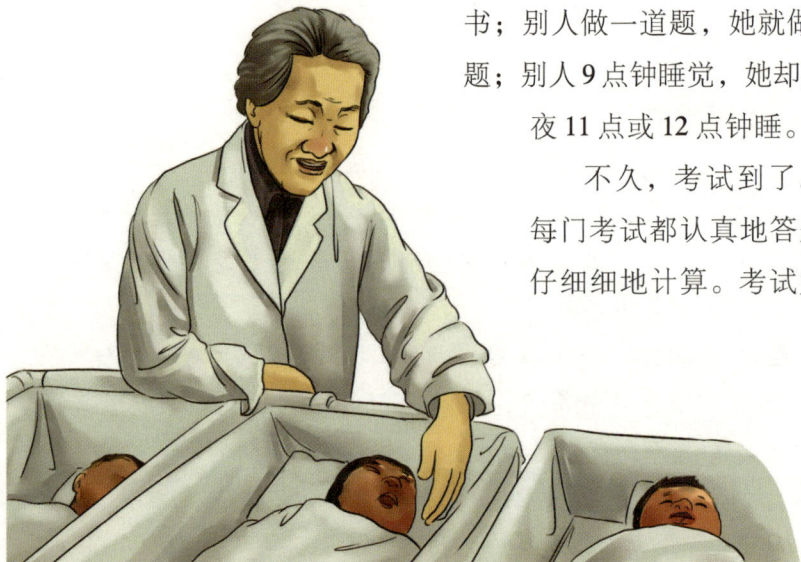

成绩一公布，林巧稚果然拿到了全班第一名。男生不得不佩服地说："林巧稚真行！"从此，"要得 110 分"就成了她搞好学习以至做好工作的动力之一。

大学的学习是紧张的，学校规定晚上 10 点熄灯，可是林巧稚桌前的灯经常亮到深夜。她抓紧分分秒秒的时间，战胜酷暑、严寒和饥饿，顽强地读书和整理笔记，像海绵吸水一样地汲取知识。她坚信，优异的成绩永远属于勤奋学习的人。

有一次，生物老师把批改好的考卷发还给同学。卷子发完了，却没有林巧稚的。她急了，心怦怦直跳。

"是不是因为考得太差，老师要批评自己呢？"她默默地想着，"难道我在答卷上别出心裁地画的几张画出了问题？"

想着想着，林巧稚霍地站起来，急切地问："老师，怎么没有我的卷子？"

"噢，在我这里呢！"老师笑容满面地说，"你考得很好，我留下来做标准答案！"

听了老师的话，林巧稚心里的石头落了地。同学们的目光都集中到她的考卷上，只见右上角写着"98"两个醒目的数字。

"尤其是这些插图，"老师指着林巧稚考卷上一个个小巧清秀的插图，表扬说，"不但画得漂亮，而且帮助文字说明问题，这是一个创造！"

"真棒！"同学们小声地称赞着。因为大家都知道，生物老师判分苛刻，他能给 98 分，就像其他老师给 110 分一样，是破天荒的事。

从医学院毕业后，林巧稚成绩出众，被分配到当时的名牌医院——协和医院做妇产科医生。但是，当她拿起手术刀要做手术的时候，有人怀疑说："女人也能开好刀？"

林巧稚没有理睬，只是瞟了那人一眼。她拿出"要得 110 分"的志气，操起了手术刀，成功地做完了手术。林巧稚就是靠着顽强的毅力和刻苦的精神，不断进取，努力奋斗，终于成为我国一流的妇产科专家。

知识加油站

林巧稚（1901—1983）是我国著名医学家、中国现代妇产科学的奠基人之一。她是北京协和医院第一位中国籍妇产科主任，首届中国科学院唯一的女学部委员（院士）。

智慧亮点

一流的专家需要一流的智慧，也需要一流的斗志和拼搏精神。什么是一流的智慧？那就是在学习上，要有一种不服输的精神；在苦难面前，要有一种顽强的斗志。

人的一生，要懂得为自己打气，为自己加油。没有人为我们喝彩，自己为自己喝彩；没有人激励我们，我们可以不断自勉。在学习上，很多人对女生存在一种偏见，认为女生学不好数理化或者其他课程。其实，只要努力，女生也可以做得很棒。

理 想 与 现 实

李远哲小时候就显示出了绘画天赋。这不奇怪，因为他的父亲是一名画家，从小到大耳濡目染，他从父亲那里掌握了不少画艺。

一次，父亲突发奇想，拿起画笔在纸上画了一片蔚蓝色的大海。画完之后，父亲有事出去，让远哲好好看着画。远哲答应了，可看了半天后，他突然产生了灵感，提起父亲的画笔在大海上重重地涂抹了一片红色。父亲回来后非常生气，质问儿子："我让你把画看好，你怎么反而在上面乱画起来了？"

远哲却指着画说："爸爸，这是大海最美丽的时候啊。"父亲瞪了他一眼，狠狠地问："大海是蓝色的，怎么成红色的了？你这个孩子，也太顽皮了。"远哲眨着眼睛争论道："难道不是吗，爸爸？当太阳落下去后，大海不就被染成红色的了吗？黄昏的大海，就应该是这个样子的。那一次，我和妈妈去海边，看到的就是这样的情景。有时候，大海还会变幻其他颜色呢。"

听了儿子的话，父亲转怒为喜，高兴地说："对，孩子。你说得没错，这是你的作品。"

从此，在父亲的影响下，李远哲开始专心作起画来，他越画越好，水平提高得很快。他希望自己将来能当一名画家，画出轰动世界的名画。

然而，李远哲的童年，是台湾局势非常动荡的时期。父亲清楚地知道，当画家没有什么出路，甚至连生存下去都很困难。他对儿子的选择感到担忧，不想让儿子也步自己的后尘。经过思考，他决定找儿子好好谈一谈。

这天，当远哲从画室里出来后，父亲喊住了他："远哲，吃完饭到我房间里来，我有事要和你谈谈。"远哲知道，父亲这样郑重其事地找他谈话，一定有什么重要的事，心里有些忐忑不安。吃罢饭后，他来到父亲的房间，父亲正等着他。见他来了，父亲示意他坐下，然后意味深长地说："远哲，你已经慢慢长大了，爸爸想知道你以后准备从事什么职业。"

远哲回答："爸爸，我想当画家，这个你是知道的。"

父亲说："远哲，我知道你有绘画的天赋，爸爸也愿意把你培养成一名画家。可是，你还不明白，一个人从事的职业应该与现实结合起来。现在，台湾局势不稳定，单靠画画恐怕连吃饭都成问题。爸爸建议你改变一下奋斗方向。"

听了父亲的话，远哲的脸色凝重起来。要知道，自己的这个理想是长期形成的，并付出了很大的努力呀。如果突然改变方向，还真的叫人难以接受。

父亲看出了儿子的心思。他不急于要儿子表态，而是递给他一本《居里夫人传》，说："这是一本写女科学家的书，你拿去好好看看吧，可能会对你有启发作用。"

远哲拿着这本书，心情沉重地回到自己的房间。晚上，他久久不能入睡，耳边一遍又一遍地回响着父亲的话，该怎么办呢？他拿不定主意。这一夜，他也睡不着了，便打开电灯，翻开《居里夫人传》，从头到尾地阅读起来。渐渐地，他被居里夫人的事迹打动了。"她的祖国也像我的祖国一样多灾多难，她为祖国做出了很大的贡献，我也要像她那样为自己的国家做点儿事。"

当黎明到来的时候，李远哲那紧蹙的眉头早已舒展开来。这时，他已下定决心，像居里夫人那样做一名科学家。

知识加油站

李远哲，生于 1936 年，是著名华裔美籍化学家。1986 年，他因在分子反应动力学研究领域做出了杰出贡献，获得诺贝尔化学奖。

智慧亮点

现实和理想往往是一对不可调和的矛盾。有时人们常常因为现实生活所迫放弃对理想目标的追求，因为追求远大的理想必须有现实条件的支撑。

其实无论我们选择什么样的生活，让人生充满意义和价值是最重要的。无论是我们选择了理想，还是理想选择了我们，珍惜时光，让时间和生命一点点充实起来，不虚度年华，不碌碌无为，这才是生命的本质。

积极进取才能取得成功

施罗德出生在德国下萨克森州的一个贫民家庭，他出生后第三天，父亲就战死在罗马尼亚。母亲当清洁工，带着他们姐弟二人，一家三口相依为命。

生活的艰难使施罗德的母亲欠下许多债。一天，债主逼上门来，母亲抱头痛哭。年幼的施罗德拍着母亲的肩膀安慰她说："别伤心，妈妈，总有一天我会开着'奔驰'车来接你的！"

1950 年，施罗德上学了。因交不起学费，初中毕业他就到一家零售店当了学徒。贫穷带来的被轻视和瞧不起，使他立志要改变自己的人生："我一定要从这里走出去。"他想学习，他在寻找机会。1962 年，他辞去了店员之职，到一家夜校学习。他一边学习，一边到建筑工地当清洁工，不仅收入有所增加，而且圆了他的上学梦。

四年夜校结业后，1966 年他进入了哥廷根大学夜校学习法律，圆了上大学的梦。

毕业之后，他当了律师。32 岁时，他当上了汉诺威霍尔律师事务所的合伙人。回顾自己的经历，他说，每个人都要通过自己的勤奋努力，而不是通过父母的金钱来使自己接受教育。这对个人的成长至关重要。通过对法律的研究，他对政治产生了兴趣。他积极参加政党的集会，最终加入了社会民主党。此后，他逐渐崭露头角，步步提升。1998 年 10 月，施罗德走进了德国总理府。

知识加油站

　　格哈德·施罗德，1944年出身于德国一个工人家庭，自幼家境贫寒。生活的艰辛磨炼了他自立、自强的性格。1998年在德国第14届联邦议院选举中，击败连续执政16年之久的科尔总理，成为德国新总理。

智慧亮点

　　贝多芬曾说过，卓越的人一大优点是，在不利与艰难的遭遇里百折不挠。逆境，对成功者是进步的阶梯，对失败者是万丈深渊。

　　施罗德成长的每一步都走得异常艰难。但是他没有被现实的困境吓到，凭着惊人的毅力，他一步一步寻找到了学习的机会，用知识改变了命运。生活中没有弱者，只有不愿努力的人。如果在学习上不思进取，必然会被生活远远地抛在后面。

小普京的理想

俄罗斯前任总统、现任总理普京小时候非常聪明，他品学兼优，常常会产生一些与众不同的想法。

有一次，老师在黑板上写了一道作文题目：《我的理想》。同学们都写出了自己的理想：有的想当科学家、有的想当作家、有的想当工程师、有的想当农艺师、有的想当老师、有的想当军人、有的想当工人……而小普京的脑海里却有自己不同寻常的独特思考。

课余时间，小普京非常喜欢读《盾与剑》这本杂志，他对里面描写的"克格勃"产生了浓厚的兴趣。从杂志上他知道了在第二次世界大战中，由于"克格勃"准确地截取了敌人的情报，使苏军取得了一次又一次巨大的胜利。他想："很小的时候，父亲就教育我要做一个对国家和人民有所贡献的人。老师也经常教育我们要好好学习，报效祖国和人民。而我应该怎样去报效祖国和人民呢？做一名出色的间谍，用我的牺牲去换取祖国和人民的胜利，这不是非常有意义的事吗？"

于是，他在作文本上写道："……我的理想是做一名间谍，尽管全世界的人们对这个名字都不会有好感，但是从国家和人民的利益出发，我觉得间谍所做的贡献是十分巨大的……"在这篇作文中，普京还列举了一个苏联有名的间谍的英雄事迹，论述了在苏美对峙的冷战时期间谍的重要作用。当老师打开普京的作文本时，不禁又惊又喜，连声赞叹他"年纪不大，志气不凡"。

在一次参观"克格勃"大楼之后，普京走进了"克格勃"彼得格勒局的接待室。一位工作人员听了他的要求后，对他说："你的想法很

好。但是，我们不接受主动来求职的人，只接受服过兵役或者大学毕业的人。"

后来，普京中学毕业，他以优异的成绩考入列宁格勒国立大学法律系国际专业。大学一毕业他就从事对外情报和国外反间谍工作，实现了自己"做一名间谍"的理想。

知识加油站

　　普京，1952 年出生，特工出身，现任俄罗斯总统。在 2000 ~ 2008 年任总统期间，使俄罗斯在军事与政治实力上均有相当的提升，是一位名副其实的"铁腕总统"。

智慧亮点

　　当上帝剥夺了人类用四肢爬行的能力时，又给了他一根拐杖，这就是理想。每个人都有自己的理想，理想决定着一个人的努力和判断的方向。从小树立远大的理想，也就是为自己的成才制定了一个长远的计划和目标。一旦有了学习的目标，我们就要坚定地朝着理想和目标走下去。知识在于积累，聪明来自学习。为理想而奋斗，虽败犹荣，人生因此更加辉煌。

发愤读书成医神

华佗 7 岁时父亲就去世了，哥哥被抓去充军，一去不返，音信全无。家庭十分贫困，只有小华佗和母亲相依为命。

华佗从小爱好读书，喜欢刻苦钻研，对研究医学知识充满兴趣。在母亲的教育下，小华佗立志不图官位，愿为良医，解除老百姓的疾病之苦。

后来，华佗的母亲得了一种很奇怪的病，忽冷忽热，周身疼痛，皮肉肿胀。华佗请来很有名的大夫给母亲医治，也不见成效。母亲病故前对华佗说："孩子，记住你的父母都是被这种古怪的病折磨死的。我希望你早日学成医术，好解救百姓！"

母亲的去世激发了华佗发愤学医、普济众生的决心。他来到城里，要拜父亲的生前好友蔡医生为师学医。蔡医生开始不想收华佗为徒，可是一想，华佗父亲生前是自己的老朋友，朋友一死，转眼不认人，也太不讲情义了。

他想考考华佗，如果他是一块做医生的料，就收；不行，就不收。

蔡医生主意已定。他见几位徒弟正在院子里采桑叶，而最高处枝条上的桑叶够不着，便向华佗说："你能想办法把最高的桑叶采下来吗？"华佗说："能。"他叫人取了根绳子，拴上块小石子，只一抛，绳子抛过枝条，树枝被压下来，桑叶就采到了。蔡医生又见两只山羊在斗架，眼都斗红了，谁也拉不开，就说："华佗，你能把这两只山羊拉开吗？"华佗又说："能。"只见他拔来两把鲜草，放在羊的旁边，斗架的羊早就斗饿了，一见鲜草，忙着抢草吃，自然散开不斗了。

蔡医生见华佗如此聪明，就收他为徒。后来华佗跟随师父潜心学医，注重实践，终于成为被人拥戴的一代名医。他根据医道，自编了一套"五禽戏"体操，教人用来锻炼身体。不少人练了很有效果。华佗一位表弟长期做"五禽戏"体操，年老时，耳聪目明，牙齿坚固，为同龄人所羡慕。

华佗一生刚直不阿，不求虚名。有一次，华佗替曹操治好了偏头痛的病，深得曹操赏识。曹操要他留在曹府，给他优厚的报酬。华佗在曹府做了一段时间的侍医，但他身在曹府，却心在民间。有一次，华佗借故妻子有病，回家探望。回家后，他不愿再去曹府。曹操知道后，以欺骗的罪名把华佗杀害了。

知识加油站

华佗是东汉末医学家，精通内、外、妇、儿、针灸各科，尤其擅长外科。他发明了"麻沸散"，用于对肠胃疾病作麻醉后施行腹部手术，反映了中国医学于公元 2 世纪时，在麻醉方法和外科手术方面已有相当成就。

智慧亮点

理想是方向，是目标，是灯塔，它会一直激励我们不断向前，敢于尝试，勇于付出。在这个故事中，为了解除黎民百姓的疾患之苦，怀着这最朴素的情怀，小华佗矢志不渝，勤奋读书，尝尽百草，终于掌握了精湛的医疗技术，成为中华史上的医神。机遇只留给有准备的头脑，小学生只有从小努力学习，这样长大了才能实现自己远大的理想。

安徒生拒绝当裁缝店学徒

安徒生出生在平民家庭。父亲是个鞋匠，生意清淡，母亲靠给人洗衣服挣点钱贴补家用。一家人常常为了生计问题而愁眉不展，在贫困和孤寂中安徒生度过了自己的童年。由于家境贫困，父亲把一切希望都寄托在了独生儿子身上。他对儿子说："我的命苦，没有念书的机会，你一定要有志气，争取多学些文化，让自己成为有知识的人。"

虽然生活环境窘迫，父亲并没有放弃对儿子的启蒙教育。在他家唯一的一间狭小的房子里，只有一张做鞋用的工作凳、一张用棺材架改装的床和安徒生晚间用来睡觉的一条凳子。但父亲却为儿子布置了一个艺术的环境：墙上挂了许多图画和装饰品，框子上摆了不少玩具，工作凳旁还有一个矮书桌，上面放着书籍和歌谱，门上贴着一幅风景画，父亲常在劳动之余陪小安徒生玩。

为了丰富儿子的精神世界，父亲还常常给他讲一些《一千零一夜》中古代阿拉伯的传说。有时候为了调节气氛，父亲还会给小安徒生念一段丹麦著名喜剧作家荷尔堡的剧本，或者朗诵一段莎士比亚戏剧中的章节。这些剧本里的故事启发了安徒生，他经常通过自己的想象把大人们讲的故事演绎成新的故事。他幻想自己是个戏剧导演，把橱窗上父亲雕刻的木偶人打扮成剧中人物，做各种戏剧表演。他还根据自己的现实生活，开始编木偶戏。

为了扩大安徒生的精神世界，父亲还常常带他外出观察各种人物的神态及行为举止。看到在这个世界里活动着生意人、手艺人、店员、乞丐、贵族、地主、市长和牧师……小小年纪的安徒生不理解为什么

这些人之间生活水平相差那么大。

1815 年冬天，安徒生的父亲因病去世。母亲每天外出替人家洗衣服，孤单的安徒生白天大部分时间独自待在家里玩木偶戏，有时也到邻居家玩一会儿。在邻居那里，他第一次听到"诗人"这个名词。主人知道他喜欢演戏，偶尔也给他谈起一些他从未听说过的剧作家和剧本的名字，这更激起了他对戏剧的向往。

14 岁那年，哥本哈根皇家歌剧院有个剧团到奥登塞来演出。安徒生跟一个散发节目单的人交上了朋友，由此他得到了躲在后台的一个角落偷偷看戏的机会。他发现了一个新的天地，决心要当一名艺术家，于是拒绝了母亲要他到一个裁缝店里当学徒的安排，只身来到哥本哈根。历经多次碰壁，他当演员的希望成为泡影。

后来，经皇家剧院负责人拉贝尔安排，他阅读了不少著名诗人和作家的作品，写了很多诗作和剧本。此后，安徒生便进入了创作旺盛期，最后成为世界著名童话作家。

知识加油站

　　安徒生（1805—1875）是丹麦作家、诗人，是现代儿童文学的奠基人，也是世界文学童话的创始人。其最著名的童话故事有《小锡兵》《冰雪女王》《拇指姑娘》《卖火柴的小女孩》《丑小鸭》和《红鞋》等。

智慧亮点

　　俗话说：一年之计在于春，一生之计在于勤。珍惜现在短短几年的学习时光，奋力拼搏，我们就能准确掌握人生的航向。以后无论我们航行在浅海中抑或深海中，心中的方向盘永远不会改变。

　　沿着父亲的谆谆教诲，安徒生拒绝了母亲要他当裁缝店学徒的安排，下定决心，努力实现梦想，最后他终于成为一名很有成就的童话作家。人生只有一次机会，正值学习时期的我们，这种无忧无虑的学习机会也是人生之中最难得的。

第 七 章

主动学习才会成为学习的主人

　　著名教育家苏霍姆林斯基说过:"在人的心灵深处，都有一种根深蒂固的需要，这就是希望自己是一个发现者、研究者、探索者。而在儿童的精神世界中，这种需要特别强烈。"这一名言强调的就是要让学生成为学习的主人。这不仅是少年儿童成长的需要，也是提高少年儿童综合素质的必由之路。当今社会，科学技术日新月异，知识更新很快，每一个社会成员都需要具有终身学习的能力，才不会被时代淘汰。少年儿童正处在长知识的阶段，应该发挥学习的主动性，积极探索与研究，发挥自己的潜能，真正成为学习的主人。

因提问被学校开除的数学家

欧拉是历史上著名的数学家，他在数论、几何学、天文数学、微积分等很多数学的分支领域中都取得了出色的成就。不过，这个大数学家在孩提时代却一点也不讨老师喜欢。

当时，小欧拉在一所教会学校里读小学。有一次，他向老师提问，天上有多少颗星星。老师是个神学信徒，他不知道天上究竟有多少颗星星，《圣经》上也没有回答过。其实，天上的星星是无限的，我们肉眼可见的星星也就几千颗。这个老师不懂装懂，回答欧拉说："天上有多少颗星星，这无关紧要，只要知道天上的星星是上帝镶嵌上去的就够了。"

小欧拉感到很奇怪："天那么大，那么高，地上没有扶梯，上帝是怎么把星星一颗一颗镶上去的呢？既然是上帝亲自把它们放在天幕的，他为什么会忘记星星的数目呢？上帝会不会太粗心了？"

他向老师提出了心中的疑问，老师又一次被问住了，涨红了脸，不知如何回答才好。老师心中顿时升起一股怒气，这不仅是因为一个才上学的孩子提出了这样的问题，使老师下不了台。更主要的是，老师把上帝看得高于一切。小欧拉居然责怪上帝为什么没有记住星星的数目，言外之意是对万能的上帝提出了怀疑。在老师心中，这可是个严重的问题。

在欧拉的年代，上帝是绝对不允许怀疑的。小欧拉没有与上帝"保持一致"，老师就让他离开学校。从这时起，上帝神圣的光环在小欧拉心中消失了。他想，上帝是个窝囊废，怎么连天上有多少颗星星也记不住？他又想，上帝是个独裁者，连提问题都成了罪。他又想，上帝也许是个别人编造出来的家伙，他根本就不存在。

小欧拉回家后没什么事，他就帮助爸爸放羊。他一边放羊，一边读书。

爸爸的羊群渐渐增多了，达到了100只。原来的羊圈有点小了，爸爸决定建造一个新的羊圈。他用尺子量出了一块长方形的土地，长40米，宽15米，面积正好是600平方米，平均每头羊占地6平方米。正打算动工的时候，他发现材料只够围100米的篱笆。如果要围长40米，宽15米的羊圈，其周长将是110米，很明显材料不够用。父亲感到很为难，若要按原计划建造，就要再添10米长的材料；如果缩小面积，每头羊的面积就会小于6平方米。

正在这时，小欧拉却对父亲说他有办法，不用再添材料，也不用担心每头羊的领地会变小。父亲开始时不相信他。小欧拉急了，大声说，只要稍稍移动一下羊圈的桩子就行了。

父亲听了直摇头，心想："世界上哪有这样便宜的事情？"但是，小欧拉却坚持说，他一定能两全其美。父亲终于同意让儿子试试看。

小欧拉见父亲同意了，站起身来，跑到准备动工的羊圈旁。他以一个木桩为中心，将原来的40米边长截短，缩短到25米。父亲着急了："那怎么成呢？这样羊圈太小了。"小欧拉也不回答，跑到另一条边上，将原来15米的边长延长，又增加了10米，变成了25米。经这样一改，原来计划中的羊圈变成了一个25米边长的正方形。然后，小欧拉很自信地对爸爸说："现在，篱笆也够了，面积也够了。"

通过这件事情父亲感到，让这么聪明的孩子放羊实在是太可惜了。后来，他想办法让小欧拉认识了一个大数学家伯努利。经过这位数学家的推荐，后来小欧拉成为巴塞尔大学的一名大学生。这一年，小欧拉13岁，是这所大学最年轻的大学生。

知识加油站

　　欧拉（1707—1783）是瑞士数学家、物理学家。被一些数学史学者称为历史上最伟大的两位数学家之一（另一位是卡尔·弗里德里克·高斯）。欧拉是把微积分应用于物理学的先驱者之一。

智慧亮点

　　巴尔扎克说，问号是开启任何一门科学的钥匙。遇到问题善于开动脑筋，多去思考问题的解决方法，我们会发现有很多事情远没有想象中的那么难。凡事多问自己几个为什么，心中有疑惑就要及时向身边的老师、同学和爸爸妈妈提问。

　　在学习中，善于提问也是一种能力，我们要在学习中不断培养这种能力，养成勤于思考，善于提问的习惯。如果遇到疑问不及时解决，那问题越积越多，对学习就会形成一种阻碍，势必削弱学习的积极性。当我们心中的疑问得到解决，会有一种豁然开朗的感觉。

善于思考的伽利略

　　伽利略生于意大利的比萨城，就在著名的比萨斜塔旁边。他的父亲是个破产贵族。当伽利略来到这个世界时，他的家境已经很穷了。17岁那年，伽利略考进了比萨大学。在大学里，伽利略不仅努力学习，而且喜欢向老师提问题。哪怕是人们司空见惯、习以为常的一些现象，他也要打破砂锅问到底。

　　有一次，他站在比萨的天主教堂里，眼睛盯着天花板，一动也不动。他在做什么呢？原来，他一边用右手按着左手的脉搏，一边看着天花板上来回摇摆的灯。他发现，这灯的摆动虽然是越来越弱，以至每一次摆动的距离渐渐缩短，但是，每一次摇摆需要的时间却是一样的。于是，伽利略做了一个适当长度的摆锤，测量了脉搏的速度和均匀度。从这里，他找到了摆的规律。钟就是根据他发现的这个规律制造出来的。

　　家庭生活的贫困，使伽利略不得不提前离开大学。失学后，伽利略仍旧在家里刻苦钻研数学。由于不懈努力，他在数学研究中取得了优异的成绩。当时，他还发明了一种比重秤，写了一篇论文，题目是《固体的重心》。此时，21岁的伽利略已经全国闻名，人们称他为"当代的阿基米德"。在他25岁那年，比萨大学破例聘请他当了数学教授。

　　在伽利略之前，古希腊的大学问家亚里士多德认为，物体下落的快慢是不一样的。它的下落速度和它的重量成正比，物体越重，下落的速度越快。一直以来，人们把这个违背自然规律的学说当成不可怀疑的真理。

年轻的伽利略根据自己的经验推理，大胆地对亚里士多德的学说提出了怀疑。经过深思熟虑，他决定亲自动手做一次实验。他选择了比萨斜塔当作实验场。这一天，他带了两个大小一样但重量不等的铁球，一个重100磅，是实心的；另一个重1磅，是空心的。伽利略站在比萨斜塔上面，望着塔下。塔下面站满了前来观看的人，大家议论纷纷。有人讽刺说："这个小伙子的神经一定是搭错了！亚里士多德的理论不会有错的！"实验开始了，伽利略两手各拿一个铁球，大声喊道："下面的人们，你们看清楚了，铁球就要落下去了。"说完，他把两手同时张开。人们看到，两个铁球平行下落，几乎同时落到了地面上。所有的人都目瞪口呆了。伽利略的实验揭开了落体运动的秘密，推翻了亚里士多德的学说。这个实验在物理学的发展史上具有划时代的重要意义。

后来，伽利略还做成了世界上第一个小天文望远镜，证实了哥白尼的"日心说"。人们佩服地说："哥伦布发现了新大陆，伽利略发现了新宇宙。"

知识加油站

伽利略（1564—1642）是意大利物理学家、天文学家、哲学家和数学家。近代实验科学的先驱者，被誉为"近代科学之父"。

智慧亮点

世界上没有天生聪明的人，要想变得聪明，除了勤奋和努力，就是要善于观察和思考事物。很多在常人眼里习以为常的现象，在有心人眼里却不是那么平常。

事物总有它们产生和发展的原因，很多事物也并不是理所当然地就存在了。从问题出发，进而去探寻问题的答案，这个学习过程本身充满了探索的乐趣。在学习中，我们也需要培养自己善于观察、勤于思考的能力。

郑板桥的"疑"和"问"

据说，郑板桥10岁在扬州兴化镇私塾读书时，聪明敏捷，勤学好问，老师很喜欢他。一年暮春时节，他随老师到郊外游玩，不久来到一个石桥上面。郑板桥眼尖，他突然发现桥下有一具小女尸体，随后就大喊："老师，你看，桥下有一个死人"。

老师俯身一看，果然有一具青春少女的尸体在水中漂浮，恰好被一块大石头拦住，未被冲走。再一详看，那女子上穿粉红衣，下系绿色裙，头上青丝随波动，面容未变，像刚落水不久。

看到如此场景，老师痛惜万分，赋诗一首。诗句是："二八女多娇，风吹落小桥。三魂随浪转，七魄泛波涛。"板桥听老师吟完，十分恭敬地说道："老师的诗不对吧？"

老师不由一惊。根据平时对板桥的了解，这个学生说话总是有一定道理的，老师便和颜悦色地问道："哪点不对？"接下来郑板桥问了老师三个问题："你如何知道这个少女是十六岁？又怎知她是被风吹落小

桥的？你怎么看见她三魂七魄随波逐浪翻转的？"

老师无法回答，停了半晌才说："依你看，这诗该如何改呀？"郑板桥想了一下，便改了几个字，诗成了这样："谁家女多娇，何故落小桥？青丝随浪转，粉面泛波涛。"

吟完以后，老师和同学们都称赞诗句改得非常好。郑板桥敢于疑，又肯于问，这确是求学者良好的品质。所以，郑板桥自己也说："有学而无问，虽读书万卷，只是一个蠢汉尔。"

知识加油站

　　郑板桥（1693 — 1765）是清代著名画家、书法家，"扬州八怪"的主要代表，以"诗、书、画"三绝闻名于世，其代表画作为《兰竹图》。

智慧亮点

　　古人云："为学患无疑，疑则有进。"意思就是说，做学问最怕的就是没有疑问，有问题提出来解决掉就是一种进步，没有问题意味着没有思考，这对做学问是不利的。我们应该学习郑板桥敢于疑、肯于问的治学精神，培养自己善于敏锐地提出问题的能力。在学习上，我们要善于发现问题，积极地去解决问题。

从小爱动脑的李四光

李四光原名李仲揆（kuí），出生在湖北省黄冈县农村的一个贫寒家庭。李四光小的时候，家里很穷，兄弟姐妹7人，爷爷又卧床不起。父亲是教书先生，收入微薄，妈妈一人种田，日子很艰难。

李四光在家里排行老二，年岁不大但很懂事。他平时看到妈妈一人干活，心里难过，就千方百计帮助妈妈。每天天刚刚亮，他就起床，把水缸装得满满的；上山砍柴，总要挑得满满的才回家。

李四光从小爱动脑。他帮妈妈舂米，用脚踩踏板，人小踩不动，他动脑筋用绳子绑在石杵那一头的踏板上，当脚往下踩时，同时用手使劲拉绳子，这样石杵就动起来了。他和小朋友去荷塘采莲藕，小伙伴大多嘻嘻哈哈，打闹取乐，半天只能采几节断藕带回家。而李四光精明能干，他先顺叶踩到藕，再用脚小心地探出藕的方向，然后依着它生长的方向一点点把泥踩去，收获一根根完整的鲜藕。

李四光13岁时以优异的成绩考上省城武昌高等学校，当时他并未想到要学地质。离开家乡坐船到武昌去上学时，他看见帝国主义军舰在长江里横冲直撞，激起的大浪掀翻了中国的小木船，非常气愤，发誓一定要学造船，造出大兵舰，把洋人赶出长江，赶出中国！14岁那年，因为学业优秀，他被保送去日本学习，学造船工业。在填写出国护照时，他把年龄"十四"误填入姓名栏里。怎么办？他灵机一动，把"十"加几笔成了"李"字。一看，名叫"李四"，又太俗气了；又在后面加了一个"光"字。从此，他开始叫"李四光"。

在日本上大学期间，李四光对地质学发生了兴趣，立志探索地质构

造的奥秘。他想造船需要钢铁，钢铁又要矿石做原料，于是，李四光又远渡重洋，去英国考上了伯明翰大学预科学采矿。学了两年，他又考虑到造船、造机器需要铁矿、燃料，可铁矿、燃料全都埋在地下。中国地大物博，矿藏一定很丰富。可是重要的是要找到铁矿、煤矿、石油，而要掌握打开地下宝库的钥匙，就得学地质学。于是他进了地质系学习地质，同时还兼学物理系的课程。这期间，他获得了学士、硕士的学位。

后来，李四光在地质构造上悉心研究，提出了地质力学的构造理论，并用这个理论去寻找石油天然气资源、矿产，预测地震，开发地热，在中国地质史上写下了光辉的一页。

知识加油站

李四光（1889—1971）是中国著名地质学家，地质力学的创始人。在20世纪20年代，他首先发现了我国存在的第四纪冰川遗迹，提出了地质力学的构造理论。曾任中华人民共和国地质部部长，中国科学技术协会主席。在他的考察和研究下，我国陆续发现了大庆油田、大港油田、胜利油田、华北油田等大油田，打破了"中国贫油论"的错误论断。

智慧亮点

古人云："不深思则不能造其学。"正是因为李四光从小就爱思考，勤于动脑子想问题，他在学业上不断严格要求自己，最终找到了自己感兴趣的领域，实现了人生的价值，也为社会和祖国做出了杰出贡献。

独立的思考，可以激发一个人的才智。无论做什么事，我们都需要一种独立思考的能力。思考可以给我们带来很多快乐。一个人要在社会上立足，就必须先学会独立思考。

化学家卢嘉锡的故事

"假如设计一座桥梁，小数点错一位可就要出大问题、犯大错误，今天我扣你 3/4 的分数，就是扣你把小数点放错了地方。" 1933 年，在一次随机的考试之后，区嘉炜教授这样开导卢嘉锡。他注意到自己最喜欢的这个大学三年级的学生对老师的评分有点想不通。

区教授教的是物理化学，平时挺喜欢考学生，评分也特别严格。这回出的考题中，有道题目特别难，全班只有卢嘉锡一个人做出来了，可是因为他把答案的小数点写错了一位，那道题目老师只给了他 1/4 的分数。

如何才能避免把小数点放错地方呢？卢嘉锡理解了老师扣分的一片苦心之后，经过一番思索，他想到了一个做法。即不论是考试还是做习题，他总要千方百计地根据题意提出简单而又合理的物理模型，从而"毛估"一个答案的大致范围，如果计算的结果超出这个范围，就赶紧仔细检查一下计算的方法和过程。这种做法使他有效地克服了因偶然疏忽引起的差错。

善于总结学习方法的卢嘉锡后来走上了献身科学的道路。他发现，从事科学研究同样需要进行"毛估"，或者说进行科学的猜想。不过那是一种更高层次的思维活动，因为探索未知世界比起学习和掌握现成的知识要艰巨复杂得多。

在形成科学上的"毛估"思想方面，他首先得益于留心揣摩他的导师、后来两度荣获诺贝尔奖（化学奖与和平奖）的鲍林教授的思维方法。那是 1939 年秋，在留英时导师萨格登教授的指点和推荐下，卢嘉

锡赴美国加州理工学院，来到当时很有名气的结构化学家鲍林教授的身边。毫无疑问，探索物质和微观结构奥秘，正是这位不满 24 岁就获得伦敦大学博士学位的中国青年学者最感兴趣的问题。

卢嘉锡注意到，鲍林教授具有一种独特的化学直观能力：只要给出某种物质的化学式，他往往就能通过"毛估"大体上想象出这种物质的分子结构模型。鲍林所表现出来的非凡才能令他的学生钦佩，但卢嘉锡并没有使自己仅仅停留在崇拜者的位置上。

鲍林教授靠的是一种"毛估"，我为什么就不能呢？在反复揣摩之后，卢嘉锡领悟到，科学上的"毛估"需要有非凡的想象力，而这种想象力只能产生于那些拥有扎实的基础理论知识和丰富的科研实践经验、训练有素而善于把握事物本质和内在规律的头脑中。于是，他更加勤奋刻苦，孜孜以求。

1973 年，卢嘉锡在组织开展一系列实验研究的基础上，提出了固氮酶活性中心的"原子簇"模型，也就是人们所说的"福州模型"。它的样子像网兜，因而又称之为"网兜模型"。4 年之后，国外才陆续提出"原子簇"的模型。时至 1992 年，实际的固氮酶基本结构终于由美国人测定出来了，先前各国学者所提出的种种设想都与这种实际测定的结构不尽相符。猜想与事实之间总是有些距离的，然而作为世界上最早提出的结构方面基本模型之一——19 年前卢嘉锡提出的模型，在"网兜"状结构方面基本上近似地反映了固氮酶活性中心所具有的重要本质，他的"毛估"本领不能不让人由衷叹服！

知识加油站

卢嘉锡是我国著名物理化学家、化学教育家和科技组织领导者。1950 年后历任厦门大学理学院院长、研究部部长，福州大学副校长，中国科学院福建物质结构研究所研究员、所长，曾任中国科学院院长等职。

智慧亮点

爱因斯坦说过："学习知识要善于思考，思考，再思考。我就是靠这个学习方法成为科学家的。"历史上很多科学家的成功，归功于精微的思考。当我们在羡慕别人取得的成绩时，却没有想到在成功的背后他们付出了多少艰辛。辛苦是获得一切的定律。你若想获得知识，你该下苦功；你若想获得食物，你该下苦功；你若想得到快乐，你也该下苦功。

偷着学会的知识

瑞典化学家舍勒只上过小学，从 15 岁起就在一家药房里当学徒。用舍勒自己的话来说，他的许多化学知识和技能，都是那时偷着学会的呢！

舍勒在药店里一边工作，一边学习和实验，经过近八年的努力，他的知识和才干大有长进，从一个只有小学文化的学徒，成长为一位知识渊博、技术熟练的药剂师。

有一天晚上，舍勒在钻研孔克尔的名著《实验室指南》时，对书中的一段论述产生了疑问。他多么想去药店老板的实验室验证一下啊！可是，刻薄的老板有规定，未经特殊许可，任何人不得进入他的私人实验室。

夜深了，窗外寂静极了，只有秋虫偶尔发出唧唧的叫声。舍勒实在憋不住了，就点上蜡烛，偷偷溜进了实验室。他正聚精会神地操作着，突然，耳边响起一个严厉的声音："谁在这儿？"他吓了一跳，猛一抬头，只见旁边站着自己的同事格伦贝格。顿时，他心中像一块石头落地似的，变得轻松起来。因为格伦贝格是他最要好的朋友啊！

"这么晚了，你来实验室干什么啊？"格伦贝格不解地问。

"我实在睡不着呀。"舍勒指着桌上的《实验室指南》和实验装置，感慨地说："你看，孔克尔的书上说，盐精和黑苦土不能混合。我想验证一下，看书上写的对不对。"

"噢，原来如此。"格伦贝格关切地说，"不过，你可要注意身体呀,别熬得太晚啦!"

"放心吧,我一定注意。另外,希望你替我保密,千万别让老板知道了。"舍勒低声央求说。

格伦贝格默默地点了点头。

经过一番实验,舍勒证明了孔克尔的书上是把石墨和软锰矿混为一谈了。后来,他还用软锰矿制出了氯气。

舍勒就是这样,一有疑问就背着老板,偷偷地去实验室验证。天长日久,这位小药剂师终于跻身于著名化学家的行列。

智慧亮点

清代学者陆九渊说:"为学患无疑,疑则有进。"做学问怕就怕没有疑惑,有疑问学业才能进步。敢于提问,敢于阐述自己的见解,是学习进步的前提。我们要有意识地培养自己的怀疑意识,养成敢于怀疑、敢于表达自己不同看法的学习习惯。在学习上一旦有疑问,我们就要及时地和周围的同学沟通,寻求解决,实在解不开的难题就向老师请教。不要担心同学或老师的眼光,不敢提问题。

知识加油站

卡尔·威尔海姆·舍勒(1742—1786)是瑞典著名化学家,氧气的发现人之一,一生对化学贡献极多。1775年他被选为瑞典科学院成员。他认为化学"这种尊贵的学问,乃是奋斗的目标。"

八岁发现数学定理

高斯出生在一个贫穷的家庭，他在还不会讲话的年龄就学计算。在他3岁时的一天晚上，小高斯看着父亲在算工钱，曾纠正过父亲计算中的一个错误。

小高斯8岁时，进入乡村小学读书。教数学的老师是一个从城里来的人，觉得在一个穷乡僻壤教几个小孩子读书，真是大材小用。而他又有些偏见：穷人的孩子天生都是笨蛋，教这些蠢笨的孩子念书不必认真，如果有机会还应该处罚他们，使自己在这枯燥的生活里添一些乐趣。

有一天正是数学老师情绪低落的时候。同学们看到老师那抑郁的脸孔，心里畏缩起来，知道老师又会在今天捉学生进行处罚了。

"你们今天替我算从1加2加3一直到100的和。谁算不出来就罚他不能回家吃午饭。"老师讲了这句话后就一言不发地拿起一本小说坐在椅子上看去了。

教室里的小朋友们拿起石板开始计算："1加2等于3，3加3等于6，6加4等于10……"一些小朋友加到一个数后就擦掉石板上的结果，再加下去，数越来越大，很不好算。有些孩子的小脸孔涨红了，有些孩子的手心、额上渗出了汗。

还不到半个小时，小高斯拿起了他的石板走上前去："老师，答案是不是这样？"

老师头也不抬，挥着那肥厚的手说："去，回去再算！错了。"他想不可能这么快就会有答案了。

可高斯却站着不动，把石板伸向老师面前："老师！我想这个答案是对的。"

数学老师本来想怒吼起来，可是一看石板上整整齐齐写了这样的数：5050，他惊奇起来，因为他自己曾经算过，得到的数也是5050，这个8岁的小鬼怎么这样快就得到了这个数值呢？

高斯解释他发现的一个方法，这个方法就是古时希腊人和中国人用来计算级数 $1+2+3+\cdots+n$ 的方法。对50对构造成和为101的数列求和为：$1+100$，$2+99$，$3+98$……同时得到的结果是：5050。高斯的发现使老师觉得羞愧，觉得自己以前目空一切和轻视穷人家的孩子的观点是不对的。以后老师认真教起书来，并且还常从城里买些数学书自己进修并借给小高斯看。

在老师的鼓励下，小高斯对数学的兴趣越来越浓了，此后在数学上作了一些重要的研究。

知识加油站

卡尔·弗里德里克·高斯（1777—1855）是德国著名数学家、物理学家、天文学家、大地测量学家。人称"数学王子"，被誉为历史上最伟大的数学家之一，和阿基米德、牛顿、欧拉齐名。其代表著作《算术研究》奠定了近代数论的基础。

智慧亮点

著名数学家华罗庚曾说，科学上那些偶然的机遇只能给那些学有素养的人，给那些善于独立思考的人，给那些具有锲而不舍的精神的人，而不会给懒汉。小高斯8岁发现数学定理，他的成功就在于独立思考的精神。

独立思考是一种很重要的学习能力。一味地埋头苦读，对学到的知识不加辨别，不做思考，知识永远不会变成自己的。只有不断思考，不断总结，才能掌握更多的学问。

从小爱思考的张衡

张衡是东汉时候杰出的科学家。他从小就爱想问题，对周围的事物，总要寻根究底，弄个水落石出。

在一个夏天的晚上，小张衡和爷爷、奶奶在院子里乘凉。他坐在一张竹床上，仰着头，呆呆地看着天空，还不时举手指指划划，认真地数星星。

张衡对爷爷说："我数的时间久了，发现有的星星位置移动了，原来在东边天空的，偏到西边去了。有的星星出现了，有的星星又不见了。它们是在跑动吗？"

爷爷说道："星星确实是会移动的。你要认识星星，先要看北斗星。你看那边比较明亮的七颗星，连在一起就像熨衣服的熨斗，很容易找到……"

"噢！我找到了！"小张衡很兴奋地又问，"那么，它是怎样移动的呢？"

爷爷想了想说："大约到半夜，它就移到地平线上，到天快亮的时候，这北斗就翻了一个身，倒挂在天空……"

这天晚上，小张衡一直睡不着，多次起来看北斗。夜深人静，当他看到那闪烁而明亮的北斗星时，果然倒挂着，他感到多么高兴啊！他想，这北斗为什么会这样转来转去，是什么原因呢？天一亮，他便赶去问爷爷，谁知爷爷也讲不清楚。于是，他带着这个问题，读天文书去了。

长大后的张衡文才出众，皇帝把他召到京城洛阳担任太史令，主要是掌管天文历法的事情。为了探明自然界的奥秘，年轻的张衡常常一个人关在书房里读书、研究，还常常站在天文台上观察日月星辰。他想，如果能制造出一种仪器能够上观天、下察地，预报自然界将要发生的情况，这对人们预防灾害，揭穿那些荒诞的迷信鬼话，该有多好啊！

于是，张衡把从书本中和日常观察到的材料进行分析研究，开始了试制"观天察地"仪器的工作。他把研究的心得先写成一本书，叫作《灵宪》。在这本书里，他告诉人们，天是球形的，像个鸡蛋，天就像鸡蛋壳，包在地的外面，地就像蛋黄，就叫作"浑天说"。

接着，张衡根据这种"浑天说"的理论，开始设计和制造仪器了。不知经过多少个风雨晨昏，熬过多少个不眠之夜，一个当时世界上最先进的天文仪器——浑天仪诞生了。这个大铜球很像今天的地球仪，它装在一个倾斜的轴上，利用水力转动，它转动一周的速度恰好和地球自转一周的速度相等。而且在这个人造的天体上，可以准确地看到太空中的星象。张衡说："天上的星星，能见的共有 2500 颗，但我们经常能看到的却只有 120 颗。"

后来，张衡经过努力钻研，又发明创造了世界上第一架能预报地震的仪器——地动仪。这个地动仪也是钢铸造的，

形状像个酒坛子，四周铸着八条龙，每条龙口里含着一个小铜球。只要哪一条龙口中的铜球吐出来，就预示着那个方向发生地震了。测试非常灵验，没有一次不准。张衡在科学上的创造发明是伟大的，这是由于他从小爱科学，勤奋地学习钻研和不懈地观察实验，而且能把书本知识和实践经验结合起来的结果。

知识加油站

张衡（公元78 — 公元139）是我国东汉时期伟大的天文学家、数学家、发明家、地理学家、制图学家、文学家，被后世称为"木圣"。在汉朝官至尚书，为我国天文学、机械技术、地震学的发展做出了不可磨灭的贡献。由于他的突出贡献，联合国天文组织曾将太阳系中的1802号小行星命名为"张衡星"。

智慧亮点

知识来源于实践，也要运用于实践。书本上教给我们很多知识，无论是数学、语文这些基础课程，还是物理、化学、历史、地理……每一门课程所涵盖的范围比书本上所讲到的要大得多。很多人之所以没有发现学习的乐趣，就在于把知识错误地等同于书本。当我们把平时所学的东西与具体的生活实践结合起来就会发现，学问非常奇妙无穷，学习也不再是一堆需要死记硬背的理论，而是可以运用于实践的活生生的学问。

善问的维特根斯坦

著名哲学家维特根斯坦在剑桥大学学习时，曾是大哲学家穆尔的学生。在剑桥大学，维特根斯坦是一个有名的问题"篓子"。

在穆尔授课期间，维特根斯坦是最令他头疼的学生。维特根斯坦总有问不完的疑问，一个接一个，总是没完没了。一堂哲学课往往会变成由维特根斯坦提出疑问，由穆尔——解答的答辩课。甚至在休息时间，维特根斯坦也穷追不休，亦步亦趋地紧跟着老师穆尔。

有一天，穆尔的朋友、著名哲学家罗素登门和穆尔闲聊，他问穆尔："谁是你最出色的学生？"穆尔毫不犹豫地回答说："维特根斯坦。"罗素问："为什么呢？""因为在我所有的学生中，只有维特根斯坦总是有一大堆学术上的疑问。"穆尔回答说。

十几年过去了，维特根斯坦在哲学界的名气不仅远远超过了自己的导师穆尔，而且也超过了大哲学家罗素，声名鼎沸，如日中天。这时，穆尔拜访罗素，问："知道和维特根斯坦比较起来，我们为什么落伍了吗？"罗素听了，静静思忖了一会儿，回答说："因为我们提不出疑问了，而维特根斯坦却还有一大堆的疑问。"

知识加油站

路德维希·维特根斯坦（1889—1951）是著名的哲学家，生于奥匈帝国的维也纳，于纳粹吞并奥地利后转入英国籍。主要著作有《逻辑哲学论》和《哲学研究》。

问题意识对于一个人的成功很重要。只有提出自己的疑问，才能学到更多的东西。那些脑海中不停浮现疑问的人，证明他的大脑在不停地运作思考。

学习的智慧就在于遇到问题多问几个为什么。当心中的疑问得到解决，学问的大门才会向我们敞开。学而不思则罔，思而不学则怠。学习和思考的关系相辅相成，只有在学习中勤于思考，在思考中不断努力上进，我们才能不落后于人。

善于解决难题的海罗夫斯基

有一次，小海罗夫斯基放学回到家里。和往常不一样的是，他没有给家人兴致勃勃地讲述学校里的趣事，而是显得愁眉苦脸。即使在喝他最喜欢的牡蛎汤时，他的注意力也很不集中，连汤水溅到手臂上也没有发觉。

"孩子，你怎么了？出什么事情了吗？"妈妈有点担心儿子。虽然这个儿子很聪明、很能干，但他毕竟还是一个孩子。如果真的出了纰漏，还是需要大人帮助的。

"哦，不！我的功课出了一点麻烦，我没有找到错误的原因！"

"原来是这样啊！"大家都松了一口气，开始安静地吃饭。要知道，这个家里的所有成员都习惯了小海罗夫斯基的处事风格，他从来不会轻易放弃自己的努力，到别人那里去寻找答案的。

晚餐结束了，一家人又开始了例行的散步。走在熟悉的道路上，小海罗夫斯基旁若无人地昂头思考着自己的问题。他的表情很严肃，看起来和实际年龄很不相称。

"儿子！"妈妈叫住了他，"我无意干涉你的思考自由，但是我觉得，如果你肯给自己的大脑一点休息的时间，或许很快就能得到你想要的答案！"

"真的。要是大脑太疲惫了，它会罢工的！"姐姐也在一边帮腔。

"是吗？"海罗夫斯基停住了脚步，拍了拍脑门，"你们说得很好！我应该把这个问题丢在一边，好好地玩一玩！"

黄昏时分，天空中布满了缤纷的云彩。海罗夫斯基将所有的问题都暂时忘记了，和兄弟姐妹们一起玩着警察追强盗的游戏。这个家庭的五个孩子都那么开心，有的拼命地往前跑，有的拼命地往前追。终于，大颗大颗的汗珠流下来，所有的"强盗"都缉捕归案了。孩子们的笑声也飞得越来越远，将天空也感动成了一片幸福的海洋。

回到家，小海罗夫斯基马上进入房间，再次开始思考白天遇到的问题。

这时候。爸爸下班回来了。给孩子们带了很多好吃的东西。妈妈让弟弟上楼去叫小海罗夫斯基下来尝尝新鲜的蜜橙，还有热气腾腾的肥鹅肝。隔着门。小海罗夫斯基说："告诉妈妈，我现在不想吃任何东西，你们慢慢吃吧！"

过了一会儿，最疼爱他的姐姐也来敲门了："嘿，我给你带了一点肥鹅肝，你趁热吃了吧，可以吗？"小海罗夫斯基好像根本没有听到似的，还是不起身去开门。此刻，他的整个身心都在那道演算了很多次却仍然无法得到正确答案的难题上。

姐姐推门进来了，认真地对他说："你这样太辛苦了！我来告诉你方法吧，不要钻牛角尖，自己为难自己！"

"哦，姐姐，我希望我能自己找到原因！你看，我并不是完全不懂，只是很迷惑为什么需要用这样的方法来解答。要不能找到我认可的理论。那证明我的很多知识都是不牢固的。相信我，我可以自己解决！"姐姐微笑着走了出去。房间里再次安静下来，只有时间在默默地陪伴着这个执着的小男孩。

时钟滴答滴答地响着，很快，小海罗夫斯基将自己的思路梳理清晰后，提笔做出了完全正确的演算，准确地得出了最后的答案。

知识加油站

海罗夫斯基（1890—1967）是捷克斯洛伐克化学家，因创立和发展了极谱法而获 1959 年诺贝尔化学奖，著有《分析化学物理方法》等。

智慧亮点

遇到难题是自己努力去攻克，还是向人求教，这两种方法都有可能发生。但是什么时候去请教，怎样去请教，在克服难题的差异上，可看出一个人学习的程度。我们提倡一种先自己独立思考，考虑再三仍不得解再经别人点拨解答疑惑。

第 八 章

常思勤问才能真正掌握知识和技能

　　我国古代大学者王充说过，学问是不学不成，不问不知。学习知识，问和学，少了哪一个都不行。不学就不懂得道理，不问就知道得不多。学习不勤问，就不算是勤学的人。在生活中，少年儿童掌握一些知识，但不一定都会应用于实践；即使掌握了如何运用于实践，却不一定会获得成功。因此，常思勤问是获得知识和技能的基本要求。大教育家孔子说："敏而好学，不耻下问。"学习是没有止境的，少年儿童只有常思勤问，才能不断长进，真正成为有知识、有文化的人。

王安石寻生花笔

北宋时期江西抚州的王安石少有大志，负笈远游，曾挑着书箱行李，从家乡临川，来到宜黄鹿岗芗林书院求学。他在名师杜子野先生的指导下，勤奋苦读，经常看书到深夜。

一日，王安石翻阅王仁裕《开元天宝遗事》，得知李白梦见自己所用的笔头上长了一朵美丽的花，因此，才思横溢，后来名闻天下。于是他拿着书问杜子野先生："先生，人世间难道真会有'生花笔'吗?"

杜子野正色道："当然有啊!事实上有的笔头会长花，有的笔头不会长，只是我们的肉眼难以分辨罢了。"

王安石见杜子野先生如此认真，便道："那么先生能给我一支'生花笔'吗?"

于是，杜子野拿来一大捆毛笔，对王安石说："这里有九百九十九支毛笔，其中有一支是'生花笔'，究竟是哪一支，连我也分不清楚，还是你自己寻找吧。"

王安石躬身俯首道："学生眼浅，请先生指教。"

杜子野摸着胡须，沉思片刻，严肃地说："你只有用每支笔去写文章，写秃一支再换一支，如此一直写下去，才能从中寻得到'生花笔'。除此，没有别的办法了。"

从此，王安石按照杜子野先生的教导，每日苦读诗书，勤练文章，足足写秃了五百支毛笔。可是这些笔写出来的文章仍然一般，也就是说他还没有从中找到"生花笔"。他有些泄气，于是又去问杜子野先生：

"先生，我怎么还没有找到那支生花的笔呢?"

杜子野没有说什么，饱蘸墨汁，挥笔写了"锲而不舍"四个大字送给他。

又过了好久，王安石把先生送给他的九百九十八支毛笔都写秃了，仅剩下一支。一天深夜，他提起第九百九十九支毛笔写了一篇文章，突然，他觉得文思潮涌，行笔如云，一篇颇有见地的《策论》一挥而就。他高兴得直跳了起来，大声喊："找到了，找到了，我找到'生花笔'了！"

从此，王安石用这支"生花笔"学习写字，接着乡试、会试连连及第。以后王安石又用这支笔写了许多改革时弊、安邦治国的好文章，终于成为一个伟大的政治改革家。

知识加油站

王安石（1021—1086）是北宋政治家、文学家、思想家和改革家。唐宋八大散文作家之一。有《王临川集》《临川集拾遗》等存世。擅长诗词，流传最著名的莫过于《泊船瓜洲》"春风又绿江南岸，明月何时照我还。"

智慧亮点

俗话说：书山有路勤为径，学海无涯苦作舟。成功没有捷径。真正的"生花笔"是勤奋努力，刻苦练习得来的。写文章如此，学知识也如此。

一分耕耘，一分收获。如果说学习路上有什么捷径可寻的话，那就是通过不断的练习，找到学习的方法和诀窍，这就是学习的捷径。学习理应"勤"字当头，只有这样，我们才能找到适合自己的学习方法，为以后的成才奠定坚实的基础。

我的知识都是捡来的

林肯出生在美国肯塔基州的一个农民家庭，他的父亲是个农民，家境极为贫穷。穷人的孩子早当家，6岁那年，林肯就开始帮家里做些力所能及的农活了，比如割草、砍柴、喂马，等等。生活的艰难让他们全家屡次搬迁。

后来，父母为了他的前程着想，把他送到学校断断续续地读了一年书。由于老师嫌那里的生活环境太艰苦，最终离开了。所以小林肯失学了。但这一年的学校教育唤起了小林肯强烈的求知欲，

他对书本、知识有着特殊亲切的感情，觉得它们是自己生命不可分割的一部分。从此以后，小林肯即使是在做农活的时候也会带着一本书，这样不久他就把家里有限的藏书全都看完了。对书本的饥渴让小林肯觉得很难熬，于是他开始四处借书看。有时候，为了借到一本书，小林肯常常要走上几公里的路，这对于一个还不到 10 岁的孩子实在是很难得。林肯就是这样让自己从来不缺书读。

一天，小林肯到邻村很有名望的鲍里斯医生家打短工，以补贴家用。他在帮鲍里斯医生打扫房间的时候在桌子上发现了一本崭新的《华盛顿传》，喜欢读书的他再也动不了。他一遍遍抚摸着这本书舍不得放下。

为了能读到这本书，小林肯壮着胆子向鲍里斯医生开口借这本书。鲍里斯医生觉得林肯还小，肯定看不懂，加上是新书怕他弄坏，舍不得借给他，就问："你能看懂吗？"小林肯马上说："是的，我想我可以。"

"这是新书，我还没来得及看，你能保管好吗？"

"您放心，我一定好好保管。"

"那好，既然你这样喜欢，就借你看几天，但你要记着自己说过的话，不能弄脏弄坏。"

借到书后，小林肯高兴极了，回到家后他马上翻开了书。虽然已经干了一天的活儿，但他依然看到 12 点多，妈妈催了好几次，他才爱不释手地放下书。劳累了一天的小林肯很快进入了梦乡，但他很快被一阵雷声惊醒，他忽然发现家里漏雨了。想到那本书，他一下跳起来。但是已经晚了，书完全被雨水淋湿了。他又着急又害怕，差点儿哭出来。

第二天，鲍里斯医生看到小林肯手里那本已经面目全非的书，有些生气了。"小家伙，你可是向我保证过的，不会把他弄脏。"

"对不起先生，我实在不知道夜里下雨了。"

"你知道这本书值多少钱吗？"

"我知道，我可以为您干活，用工钱来赔偿这本书。"

就这样，林肯又为鲍里斯医生干了三天活儿。等到第三天的时候，鲍里斯医生被林肯的诚实感动了，他对林肯说："行了，这本书归你了。"

林肯勤奋好学的故事从此传开了，人们都愿意把自己的书借给他读。几年中，小林肯把远近几十里内能借到的书都读遍了。

后来，林肯回忆自己的经历说："我的知识都是捡来的。"

知识加油站

　　亚伯拉罕·林肯（1809—1865）是美国第16任总统，政治家、思想家。他领导了美国南北战争，颁布了《解放黑人奴隶宣言》，为美国在19世纪跃居世界头号工业强国开辟了道路，被称为"伟大的解放者"。与乔治·华盛顿，富兰克林·罗斯福公认为美国历史上最伟大的三位总统。

智慧亮点

　　世界上没有不学习的人，知识是无边无际的，我们要活到老学到老。所谓活到老学到老，就是要珍惜每一个汲取知识的机会。求知是一个异常艰苦而漫长的过程，并且难免遇到各种各样的困难。只有像林肯一样勤奋，对生活充满信心，在逆境中仍然奋发图强的人，才能成为生活和学习上的强者，最终攀上知识的高峰，成就一番非凡的事业。

水 滴 石 穿

我国著名生物学家童第周出生在浙江鄞县的一个小山村。他家境贫寒，上不起学堂，只能一边跟父亲念古书，一边帮助家里劳动。

童第周小时候好奇心非常强，遇到不懂的问题往往要向父亲问个为什么。父亲每次都不厌其烦地耐心给他讲解。

有一天，小童第周看到屋檐下的石阶上整整齐齐地排列着一行小坑坑，他觉得十分奇怪，琢磨半天弄不明白是怎么回事，便去问父亲："父亲，那屋檐下石板上的小坑是谁敲出来的？是做什么用的呀？"父亲看到儿子这么好奇，高兴地说："这不是人凿的，这是檐头水滴下来敲的。"

小童第周更加奇怪了，水还能把坚硬的石头敲出坑吗？父亲耐心地解释说："一滴水当然敲不出坑，但是天长日久，点点滴滴不断地敲，不但能敲出坑，还能敲出一个洞呢！古人不是常说'水滴石穿'吗！就是这个道理。"父亲的一席话，在小童第周的心里激起了一阵阵涟漪。他坐在屋檐下的石阶上，望着父亲，似懂非懂地点了点头。

由于农活比较多，小童第周对学习有时候会失去兴趣，不想读书了。父亲耐心地开导他："你还记得'水滴石穿'的故事吗？小小的檐水只要长年坚持不懈，就能把坚硬的石头敲穿。难道一个人的恒心不如檐水吗？学知识也要靠一点一滴积累，坚持不懈才能获得成功。"为了更好地鼓励儿子，父亲写了'水滴石穿'四个大字赠给他，并充满期望地说："你要把它当作你的座右铭。"从此，童第周发奋图强，不断地努力着。

17 岁那年，童第周想报考宁波效实中学。这所中学是浙江省的一所名牌学校，入学成绩特别高，而且年内只招收三年级插班生。家里人都劝他不要异想天开，然而，童第周胸有成竹地答道："我拼上一个暑假，准行！"

考试结果，童第周果真被录取了。他成了效实中学有史以来第一个没有上过中学而考取三年级的插班生。

不过，不少人仍在猜测，这个山村娃子究竟能不能跟上班。第一学期，他的总平均成绩只有 45 分，英语更是考得糟糕。学校动员他退学或降级。他含着眼泪，一再向校长请求再跟班试读一学期。学校勉强同意后，他便以惊人的毅力去攻克学习难关。早晨天不亮，他就悄悄起床，在路灯下读外语；夜里同学们都睡了，他仍然站在路灯下自学功课。学监发现了，关上路灯逼他进屋。他趁学监不注意，又跑到厕所外的灯下学习，把学监也感动了。

就这样，第二学期他终于赶上来了，总平均成绩 70 分，几何还考了 100 分。

直到晚年，童第周还对此记忆犹新，他说："这使我知道，我并不比别人笨。别人能办到的事，我经过努力也能办到。世界上的天才是用劳动换来的。"

知识加油站

童第周是我国著名生物学家、教育家，曾担任过中国科学院副院长、动物研究所所长。我国实验胚胎学的主要创始人。20 世纪 50 年代开创了我国"克隆"技术之先河，成为中国当之无愧的"克隆之父"。

俗话说，没有学不好的知识，只有不努力的学生。无论做什么事，只要我们有恒心，就一定会取得成功。知识是一点一滴积累而成的，需要我们长期坚持不懈的努力。

在学习上我们也应该具有"水滴石穿"的精神。当确定了一个学习目标，我们就要用不败的信心坚持走下去。只要功夫深，铁杵磨成针，学习也是这样。世界上没有百分之百的天才，只有向着梦想一直勤奋地走下去，才能收获硕果累累。

10 年记载 "No" 的日记

著名的电磁感应原理是法拉第的一项重要成果，这项成果的取得凝聚了法拉第 10 年的心血。

在伦敦的一家科学档案馆里，陈列着法拉第写了 10 年的一本日记。日记里记载的就是他 10 年来做实验的经历，这是一本非常奇特的日记：

第一页上写着："对！必须转磁为电。"

以后，每一天的日记除了写上日期之外，都是写着同样一个词 "No"。从 1822 年一直到 1831 年，整整 10 年，每篇日记都是如此。

只是在这本日记的最后一页，才改写上了一个新词 "Yes"。

这是怎么回事？

原来，1820 年丹麦物理学家奥斯特发现，金属线通电后可以使附近的磁针转动。这引起法拉第的深思：既然电流能产生磁，那么磁能否产生电流呢？法拉第决心研究磁能否生电的课题，并用实验来回答。

10年过去了，经过"实验—失败—再实验"，法拉第终于成功了。他在历史上第一次用实验证实了磁也可以生电，这就是著名的电磁感应原理。这个著名的原理，导致了发电机的发明和诞生。

在法拉第这本写了长达10年的日记里，真实地记录了他不断失败和最后获得成功的过程。那一天一天所写的"No"，就是一次一次的失败；那最后一天所写的"Yes"，就是实验的最终成功。

知识加油站

迈克尔·法拉第（1791—1867）是英国物理学家、化学家，也是自学成才的科学家。电磁感应定律是法拉第一项最伟大的贡献。1846年法拉第荣获伦福德奖章和皇家勋章。

智慧亮点

失败是成功的垫脚石，一次又一次的失败，让法拉第离成功越来越近，直到那最后一次的"Yes"，终于让他10年的实验取得成功。

学习不是一天两天的事情，特别是对新事物的认识，是建立在长期的知识积累基础之上的，而真理正是在纠正了无数的错误之后才产生的。同样的，成功的取得也不是一朝一夕的事情，想到达到某种程度的成功，就需要我们长期的积累和努力。

好学不倦的富兰克林

富兰克林是美国 18 世纪的科学家和政治家。他的父亲原来是英国人，为逃避教会当局的迫害，全家远渡重洋逃到了美国。

富兰克林出生在美国波士顿，家境不是很富裕。他从小喜欢读书学习。8 岁的时候，富兰克林进了一所公立小学读书。他的所有成绩都是优秀，父亲曾打算把他培养成牧师。十分可惜的是，因为交不起学费，富兰克林只上了两年学，10 岁就辍学了。

12 岁的时候，富兰克林被送到哥哥詹姆斯经营的印刷所当学徒工。詹姆斯性情暴躁，什么脏活儿、累活儿都让富兰克林干。富兰克林都忍了。印刷所里有很多的书，富兰克林就利用这里特殊的条件，每天晚上读书到深夜。在这里他读了很多书，他对知识如饥似渴，自学到了许多基础知识，然后便开始学习写散文和诗歌。

在富兰克林 15 岁的时候，哥哥詹姆斯创办了一份报纸，叫他学习检字，还叫他送报、卖报。刻苦的富兰克林这时已经能写出很好的文章了。他很想试一试，把写的文章在哥哥的报纸上发表。他就把这个想法告诉了哥哥："哥哥，能不能把我写的文章在你的报纸上发表？"

哥哥回答说："你不要瞎胡闹，写文章哪有那么容易啊？你还是老老实实地学习印刷技术吧，多练习检字技术，有了一技之长，就一辈子有饭吃。"

尽管哥哥反对，但是他并不死心。于是他偷偷地写了一篇文章，落款用"莫名"的笔名。当夜深人静的时候，他悄悄地跑到印刷所的大门口，把封好的、写有收件人詹姆斯名字的口袋放到那里。第二天，

詹姆斯还以为是哪位知名人士寄来的呢，仔细阅读了以后，对寄来的文章大加赞赏，马上就在报上发表了。文章见报后反应很好，使富兰克林大受鼓舞，大大激发了他的创作热情。富兰克林在一年之中写了很多的文章，一律用"莫名"这个笔名，并且利用送到印刷厂交给哥哥这种投稿办法，都在詹姆斯办的报上发表了。

一年多的时间里，"莫名"的文章在报纸上发表的多了，名声也就大了。詹姆斯决定要见见这位仰慕已久、名声大振的"莫名"先生。那么，怎样才能找到这位"名家"呢？他寄来的文章没有写地址，那就只有一个办法，就是晚上在印刷所的大门口等候他。于是詹姆斯真的每天晚上去等。他等了好几个晚上，等到的原来是自己的弟弟。他埋怨富兰克林没有向他说明真相。富兰克林告诉詹姆斯："你如果知道那些文章都是我写的，肯定是不会采用的。"听了此话哥哥也就无话可说了。

在富兰克林 17 岁那年，詹姆斯的印刷所倒闭了。此后富兰克林没有了工作，他的生活又非常困难了。

后来，富兰克林到了伦敦，当了印刷工人来维持生活。虽然他的生活是动荡不安的，但他并没有放弃学习。后来，他又辗转回到了美国，创办了《宾夕法尼亚新闻报》，他担任主编，写一些读者喜闻乐见的文章，深受广大读者的欢迎。他的报纸获得了很大的成功。

富兰克林在生活中发现用于取暖的火炉不理想。特别是荷兰式的火炉，不装烟囱，使用起来烟雾弥漫；另一种德国式的火炉过于简单，简单得就像个大铁箱子，煤灰混杂。两种火炉用起来都让人感到不舒服，应该好好地进行一番改进。于是他开动脑筋，经过反复改进，终于制成一种特别的新式火炉，简单、美观、实用。这个火炉比荷兰式和德国式都先进，受到了美国人的欢迎，并起名为"富兰克林火炉"。它结构合理，价格便宜，使用方便，因此从美洲传到了欧洲。火炉的发明引起极大轰动，也把富兰克林引上了科学发明的道路。

富兰克林不但是杰出的科学家，又是著名的政治家。他在美国摆脱殖民统治和争取自由解放运动中，始终站在一线，参加了起草《独立宣言》和第一部宪法。

知识加油站

知识就像无边的海洋，我们每天所学的只不过是沧海一粟。富兰克林的故事告诉我们，好学不倦是每一个怀有远大理想的人所应该具备的品质。学习道路上有许许多多的十字路口，我们会面临许多的选择，不同的选择就会有不同的结局。只有好学不倦，才能让我们找到一个正确的方向。好学不倦不仅让我们明白事理，而且让我们胸襟变得开阔，不与人斤斤计较。

智慧亮点

风筝实验是富兰克林为了证明雷电和静电事实上相同的一个著名实验。1752年6月的一天，阴云密布，电闪雷鸣，一场暴风雨即将来临。富兰克林和儿子威廉带着上面装有一个金属杆的风筝来到一个空旷地带。富兰克林高举起风筝，威廉则拉着风筝线飞跑。由于风大，风筝很快就被放上高空。刹那间，雷电交加，大雨倾盆。富兰克林和威廉一道拉着风筝线，父子俩焦急地期待着。此时，刚好一道闪电从风筝上掠过，富兰克林用手靠近风筝上的铁丝，立即掠过一种恐怖的麻木感。他抑制不住内心的激动，大声呼喊："威廉，我被电击了！"随后，他将风筝线上的电引入莱顿瓶中。回到家后，富兰克林用雷电进行了各种电学实验，证明了天上的雷电与人工摩擦产生的电具有完全相同的性质

从小就用功读书的高士其

高士其从小就用功读书，他的学习成绩年年都是班级里最好的，身边的老师和同学都夸他是个好学生。后来高士其成为大名鼎鼎的科学家。

高士其6岁那年开始上学读书了。开学那天，天刚蒙蒙亮，他就穿上新衣服，背着新书包上学去了，一路上乐得像只小鸟儿，又蹦又跳唱着歌。他跑到学校门口一看，大门还紧紧地关着呢。他不敢去敲门，只好站在门口等着，不知道等了多久，学校的大门终于开了。

开门的是位老伯伯。小士其恭恭敬敬地鞠了一躬，又叫了声："老伯伯早！"

老伯伯心里真高兴，笑眯眯地说："真懂礼貌呀，孩子，你是一年级新生吧！"

小士其点点头。老伯伯把他领到一年级的教室里。过了好一会儿，小朋友们才一个个来到学校。

在开学典礼上，校长站在台上讲话。小士其一双乌溜溜的眼睛，专心地盯着校长，他听得可仔细啦。校长讲完了话，让小士其站到自己身边来。他不知道有什么事，一颗心像小鹿似的怦怦乱跳。校长摸摸小士其的头，表扬他是一个守纪律、懂礼貌的好孩子。从此之后，他把校长的话记在心里，每天上课用心听讲，放学回家就认真做功课。他与同桌的一个小朋友很要好，下课以后两个人经常一起游戏，玩得可高兴呢。

可是有一天，这个小朋友嘟着嘴，冲着小士其喊："你到底认不识我？"

小士其觉得很奇怪，说："咱俩是好朋友呀，怎么会不认识你呢？"

这个小朋友气呼呼地说："那你刚才上课的时候，为啥不理睬我呢？"

小士其一听，笑了起来。原来，刚才上课的时候，这个小朋友拿出纸头，折成一只只小青蛙，悄悄地玩了一阵子，玩着玩着，觉得一个人玩得没劲，就凑到高士其的耳朵边，轻轻地说："我们来玩斗青蛙吧！"

小士其坐得端端正正，正用心听老师讲课，这个小朋友的话，他根本没有听见。这个小朋友又轻轻地碰了碰他，他还是坐得好好地在听课。这个小朋友心里挺不高兴，使劲拉了拉他的衣服，这一来他回过头来了。那个小朋友指指膝盖上的两只纸折的青蛙。小士其明白了，是叫他一起玩斗青蛙呀。他对那个小朋友白了一眼，又用心地听老师讲课了。

想到这里，他笑着对那个同学说；"下课的时候，咱俩一起玩，是好朋友。可是上课的时候，我就不认识你了。"说得这个小同学也笑了。

知识加油站

高士其（1905—1988）是中国著名科学家、科普作家和社会活动家，中国科普事业的先驱和奠基人。先后发表数百万字的科学小品、科学童话故事和多种形式的科普文章。

智慧亮点

即使是朋友也要分场合，弄清楚哪种场合可以游戏和玩耍，哪种场合是需要认真读书和复习功课的。一味地迁就，那不是真正的朋友。

在平时的学习中，我们要合理分配休闲和学习的时间，处理好二者之间的关系。学习要劳逸结合，该玩的时候痛痛快快地玩，学习的时间认真思考，集中精力努力去学。学问不是上天恩赐的，而是靠我们平时一点一滴积累起来的。

用"神笔"画出桥梁

茅以升出生在一个贫寒的读书人家里。母亲是一个有学问有见地的妇女，为了孩子的前途，她省吃俭用供孩子上学，为茅以升日后成才铺平了道路。

小时候，小以升学习刻苦勤奋，加上天资聪慧，爷爷十分喜欢他。有一年暑假，爷爷亲自教他学习古文。爷爷教古文的方法很特别，他先把文章从头到尾抄录一遍，一面抄写一面讲解，等全篇抄完之后，让他练习背诵讲解。这样，一个暑假过去了，小以升已经能背诵上百首古诗和十几篇古文。

一天，爷爷用毛笔抄写《东都赋》，小以升站在旁边默诵着。赋文写得很长但也很美，他被深深地吸引住了。用了很长时间，爷爷抄完了，他抓住爷爷的衣袖说："爷爷，让我背诵一遍给你听听，好不好？"然后他果真从头到尾熟练地背了出来。爷爷惊喜地说："好啊，熟能生巧，巧能出快！"

一年一度的端午节到了。南京秦淮河上要赛龙船，河两岸、小桥上挤满了人。锣鼓喧天，鞭炮齐鸣，人声鼎沸。忽然嘈杂声变成了一片求救声。原来，因为看龙船的人太多，秦淮河上的文德桥被挤塌了。不少人掉进了河里，有的人不幸被淹死。小以升惊呆了，这件事对他的触动很大。这之后他幼小的心灵里埋下了一颗理想的种子——长大以后要为人民造桥，造非常结实的大桥。从此，茅以升留心各种桥梁，只要见到桥，他总是十分注意观察桥面和桥桩，久久不肯离去；在读诗文时，只要读到有关桥的句子或介绍，就立即摘抄在本子上；见到有桥的画面就剪贴起来。

　　爷爷给小以升讲了"神笔"马良的故事，告诉他得到神笔的秘诀就是"勤奋"二字。这以后，小以升把"勤奋"看作是得到架桥"神笔"的秘诀。

　　11 岁那年，茅以升小学没毕业就考进了唐山路矿学堂。有一天，当时任南京临时政府大总统的孙中山到唐山路矿学堂视察，并在礼堂里做了鼓舞人心的讲演。他说，革命需要两路大军，一路举行起义，建立民主政权；一路向西方学习，掌握先进的科学技术，因而在学堂里学习也是革命。茅以升把孙中山的话牢牢记在心里，他贪婪地学习着。1916 年，茅以升以第一名的成绩考取清华学堂官费研究生。后来，他终于实现了童年的梦想，在我国桥梁史上留下了光辉的一页。

知识加油站

　　茅以升（1896—1989）是中国桥梁专家、教育家。主持修建中国首座跨度较大的钱塘江公路铁路两用桥、武汉长江大桥，参与人民大会堂结构审查工作。著有《钱塘江桥》《武汉长江大桥》《中国古桥与新桥》等。

智慧亮点

　　我国唐代大文豪韩愈说：业精于勤而荒于嬉，行成于思而毁于随。勤奋是成功的不二法门，唯有勤奋才是通向成功之门的金钥匙。每个人心中都有一颗梦想的种子，为了让它开花结果，我们要给种子提供充足的阳光，培植肥沃的土壤，要不断浇水，精心栽培。有时候，成功总在不经意间降临我们身上。等待一朵花开的声音，既需要我们的默默付出，又需要足够的耐心等待。

范仲淹断齑划粥

范仲淹出生贫苦，两岁丧父，由于无法维持生活，母亲不得不带着他改嫁别处。

童年读书时，范仲淹非常专心。十多岁时，他住在长山醴泉寺的僧房里，昼夜苦读。每天煮一锅稀粥，等它凝成冻子以后，用刀划成四块，早晚各取两块作主食。副食呢，更简单！切几根咸菜就行了。后世传为佳话的"断齑划粥"的故事，就是从这里来的。

在范仲淹的同学中，有个南部留守的儿子，看见范仲淹每天只吃点稀粥，却不以为苦，只顾埋头学习，觉得很稀奇，回去讲给他父亲听。他父亲说："这是个有出息的孩子。你把公厨里的食物拿一些送给他吃吧！"南部留守是声势显赫

的大官，一般人得到他的馈赠，会视作莫大的光荣。范仲淹却不这么想。

当南部留守的儿子奉了父亲之命送来东西的时候，范仲淹再三推辞，争执了半天，才勉强收下。可是，过了几天，留守的儿子发现他送的食物并没有被吃掉，已经坏了。他自然很不高兴，问范仲淹："家父听说你生活清苦，特地让我送了些饭菜，而你却不肯下筷，莫非你认为这样做，就污了你的品行吗？"

范仲淹解释说："我并非不感激令尊的厚意，只是多年吃粥，已成习惯，如今骤然享受佳肴美馔，恐怕将来吃不得苦了。"

由于范仲淹出身贫寒，艰苦备尝，因而对民间疾苦深为同情。做官以后，他提出了许多对劳动人民有利的改革弊政的主张，成为一名出色的政治家。

知识加油站

范仲淹（公元989—公元1052）是北宋政治家、文学家。《岳阳楼记》中"先天下之忧而忧，后天下之乐而乐"的名句，传诵千古。

智慧亮点

有一句俗语说：吃得苦中苦，方为人上人。范仲淹的吃苦精神值得我们每个人学习。那些成功之人之所以能取得巨大的成就，其原因就在于他们身上有一种坚韧的毅力。无论是顺境还是逆境，他们不卑不亢，坚持自我，奋力拼搏，终于实现了生命的价值。

现在吃苦是为了将来不吃苦，我们要辩证地看待"苦"与"乐"这一对反义词。相信只要通过努力，今天的读书之苦一定会变成日后的人生之乐。

梅兰芳练跷功

著名京剧艺术家梅兰芳，小时候相貌平平，眼神还有些呆板，见人不大会说话。在他8岁那年，家里请来了一位有名的朱素云先生教他学戏。第一出开蒙戏《二进宫》，老师反复教他，还不能上口。朱先生见他进步太慢，认为他不是学戏的材料，就不教他了。朱先生临走时，将梅兰芳叫到跟前斥责说："祖师爷没给你这碗饭吃，我也没办法。"说完就拂袖而去。

梅兰芳是个有志气有毅力的孩子，朱先生的话像一根针刺疼了他的心。他想，难道别人能学会的戏，我就学不会吗？难道我比别人少点啥？他暗下决心，非闯出个样子来不可。

不久，梅兰芳入了"云和堂"学戏，拜吴菱仙老先生为师。吴先生对梅兰芳要求很严，有时还采取十分严苛的训练方法，但梅兰芳总是按老师要求的那样做，努力完成练功任务。当时，吴先生最厉害的一手是跷功。他搬来一条板凳，上面放着一块砖头，让梅兰芳脚踏两根半米多长的高跷站在砖头上，并要求站一炷香的功夫。起初，梅兰芳站上去总是战战兢兢，不到三分钟，就腰酸脚疼支撑不住了。可他刚跳下来，又必须马上再站上去，因为一炷香烧不完，是不准下来休息的。为了练出过硬功夫，梅兰芳的腿都站肿了。

经过一段基本功的训练，梅兰芳的跷功有了很大长进。但他没有满足，又积极主动地设法增加训练难度。秋去冬来，他在庭院里找了块地方浇了一个冰场，冰面光洁如镜，人走上去都免不了摔跤。可梅兰芳偏偏要踏上高跷，到冰场上去跑圆场。高跷本来重心就高，支撑面又很小，再加上冰滑，梅兰芳经常摔得身上青一块紫一块的。吴先生看了有些怜惜和心疼，就对梅兰芳说："休息几天再练吧！"梅兰芳却坚决地说："先生，您不是常常说，练功练功，一日不练三日空吗？"先生无奈，只好让他继续练下去。

冰上踩跷的功夫，使梅兰芳受益甚大。他晚年时曾多次说过："幼年练跷功，颇以为苦，但使我腰腿力量倍增。我在六十多岁时仍然演出《醉酒》《穆柯寨》一类刀马花旦戏，就不能不说是当年严格训练跷功的好处。真可谓'不受一番冰霜苦，哪得梅花放清香'啊！"

知识加油站

梅兰芳（1894—1961）是我国著名京剧大师。出身于梨园世家，10岁登台。擅长青衣，兼演刀马旦。曾任中国京剧院院长、中国戏剧研究院院长等职。代表戏京剧有《贵妃醉酒》《霸王别姬》，昆曲有《思凡》《游园惊梦》等。

智慧亮点

宝剑锋从磨砺出，梅花香自苦寒来。正是小时候练就的一身硬功夫，使得梅兰芳在老年之际依然可以出演刀马花旦戏。大师的功力，我们不得不佩服。

而大师是如何成为大师的，值得我们每个人深思。在学习上我们一直强调要打好基础，练好基本功。这与一座大厦需要打好地基是同样的道理。学知识只有打好了牢固的基础，才能在此基础之上不断往深探究，认识一片更开阔广博的世界。

参 考 文 献

［1］魏锦屏　200个让孩子受益一生的学习故事:外国卷［M］　上海：
　　上海人民美术出版社，2006

［2］李津　世界名人故事［M］　北京：京华出版社，2010,

［3］崔钟雷　智慧书坊：68位中外名人故事［M］　吉林：延边教育
　　出版社，2010

［4］秦爱梅，方韶英　成长中必读的经典故事：中外名人故事［M］
　　四川：四川少年儿童出版社，2011

［5］扬风　激励孩子成长的外国名人故事［M］　湖南：湖南少年儿
　　童出版社，2010

［6］禹田　改变你一生的100个学习故事［M］　北京：同心出版社，
　　2009